U0906030

Yilin Classics

中国民间故事

刘守华 主编

译林出版社

图书在版编目（CIP）数据

中国民间故事 / 刘守华主编．—南京：译林出版社，2022.10（2024.5重印）
（经典译林）
ISBN 978-7-5447-9382-7

Ⅰ.①中… Ⅱ.①刘… Ⅲ.①民间故事－作品集－中国 Ⅳ.①I277.3

中国版本图书馆 CIP 数据核字（2022）第 152414 号

中国民间故事 刘守华 / 主编

责任编辑 鲍迎迎
装帧设计 陈天岷
封面插图 蒋文文
校　　对 梅　娟
责任印制 颜　亮

出版发行 译林出版社
地　　址 南京市湖南路 1 号 A 楼
邮　　箱 yilin@yilin.com
网　　址 www.yilin.com
市场热线 025-86633278
排　　版 南京展望文化发展有限公司
印　　刷 南京新世纪联盟印务有限公司
开　　本 880 毫米 ×1240 毫米 1/32
印　　张 7.125
插　　页 4
版　　次 2022 年 10 月第 1 版
印　　次 2024 年 5 月第 2 次印刷
书　　号 ISBN 978-7-5447-9382-7
定　　价 39.00 元

CONTENTS · 目录

代序

为什么口传故事的艺术生命力如此旺盛？这个人类文化之谜引起了各国许多作家和学者的思考与探索。

与马克思齐名的世界文化伟人恩格斯，在他早年所写的《德国的民间故事书》这篇文章里写道："民间故事书的使命是使一个农民做完艰苦的田间劳动，在晚上拖着疲乏的身子回来的时候，得到快乐、振奋和慰藉，使他忘却自己的劳累，把他的硗瘠的田地变成馥郁的花园。民间故事书的使命是使一个手工业者的作坊和一个疲惫不堪的学徒的寒伧的楼顶小屋变成一个诗的世界和黄金的宫殿，而把他的矫健的情人形容成美丽的公主。但是民间故事书还有这样的使命：同《圣经》一样培养他的道德感，使他认清自己的力量、自己的权利、自己的自由，激起他的勇气，唤起他对祖国的爱。"①

恩格斯对民间故事书所应具有的三个使命的理解，正是从它作为口传故事的特点引申而来的。

上述关于民间故事"使命"的论述，在俄国著名作家高尔基对其童年时代的回忆里得到了印证，他说："故事在我面前展开了对另一种生活的希望之光，在那种生活里，有一种自由的、无畏的力量在活动

---

①《马克思恩格斯论艺术》第四卷，人民文学出版社1996年版，第401页。

着，幻想着更美好的生活。”[1]正因为民间故事里充满对另一种生活、另一个世界的热烈期望和憧憬，一位钟情于世界民间故事的美国儿童文学家珍妮·约伦便由此联想到人类语言的魔力：“动物的‘语言’都只能涉及‘此时此刻’，而无法表述过去和未来，唯有人类创造的故事才能够组构或改变他们生活于其中的世界。由于故事具有组合和改变的能力，词语具有某种掌握过去、现在与未来的魔力，因此讲故事者在世界各地的口头文化中普遍受到尊重。”[2]

民间故事的艺术生命力自然不限于浪漫主义激情这一方面，它还以其对人生命运的深刻洞察，有力地启示着广大民众。《意大利童话》的编者、作家伊·卡尔维诺，经过数年研读意大利民间故事之后，终于发现：“民间故事通过对人世沉浮的反复验证，在人们缓缓成熟的朴实意识里为人生提供了注脚。这些民间故事是男人和女人潜在命运的记录，尤其是那些即将决定人们命运的人生阶段的记录：例如年轻人的出生（这本身就往往预示今后的命运），离开家乡，最后经过种种人生的磨难，长大成人，成为人类的一员。这个概略说明虽然简单，却包括了人世间的一切。”由此，民间故事便在趣味洋溢的讲述中，隐含着现实人生启蒙教科书的性质，能启发激励人们“为解放自己、为掌握自己的命运而斗争”[3]。

民间故事对创造和传承它们的人民大众来说，是自我娱乐、自我教育的手段，是凝聚其文化传统世代相传的“接力棒”。在文学史上，它们“长久地做着文士、骚人们创作的种子和酵母”[4]。对今天的研究者来说，则是人类文化史不可缺少的组成部分，“民间故事涉及人类经验

① 见《民间文学》1956年第5期。

② [美]珍妮·约伦：《世界著名民间故事大观·前言》中文版，第2页。

③ [意]伊·卡尔维诺：《意大利童话·序言》中文版，上海文艺出版社1985年版，第8页。

④ 钟敬文：《民间文艺谈薮》，湖南人民出版社1981年版，第200页。

的一切方面，这便是社会学、人类学、文学、语言学等专业学科的另一表述方式”①。从而也就成为现代人文学科的重要研究对象了。

总之，遍及世界各国的讲故事，既是一种和人类生存发展攸关的文化娱乐教育活动，又是一种口头语言艺术创造活动。就其内容之广博而言，它是民众生活的百科全书；就其思想感情深厚程度而言，它又是一个国家或民族乃至人类共同体心灵的窗口。口传故事在民众日常生活中的实用价值，将越来越削弱，而它在艺术史、文化史上的价值，却将长久地迸发异彩，为众多作家和学人所珍视。

——摘自刘守华所著《中国民间故事史·绪论》

① [美] 珍妮·约伦:《世界著名民间故事大观·前言》，第20页。

盘古斩蟒开天地

（湖北）

古时候，世界上没有别人，只有混沌山上的盘古氏。

盘古活了一万二千年，慢慢化成了人形；又过了一万二千年，肚子里才长出了一颗心，眼睛也才能看清世界上的东西。这时，世界还是一片浑浑蒙蒙的，天地间只有一股青气和一股黄气。青气一来，大风吼叫；黄气一来，飞沙走石。

久而久之，盘古氏看出点名堂来了：那青气中有条青蟒作怪，黄气中有条黄蟒作怪，这才弄得整个世界风沙弥漫。盘古想，要是把这两条蟒制伏了，世界就不会再混沌了。有一次，一阵狂风狂沙，把盘古氏吹到半天空里颠来倒去，好半天才猛甩下来，落在一个深山洞口。只见那深处金光闪闪，原来是块神铁，一尺二寸长，八寸宽，两头大，中间细，一面薄，一面厚，中间还有个圆洞。他拿起神铁，在乾坤石上磨了三年，装上一根木柄，做成了一把斧头。他舞了舞斧头，树擦着树倒，石头碰着石头裂。正在这时，那两条大蟒又搅在一起，飞沙走石。盘古氏举起斧子向大蟒砍去。轰隆一声，蟒被砍死了，风也息了，沙也停了。只见那股青气朝上飘，越飘越高，成了天；那股黄气，化成了泥土，直往下坠，成了地。盘古又将两条蟒的尸体装进了一个圆木盘内。

盘古降伏了两条大蟒，天渐渐高了，地也越来越厚，混沌世界清明了。他又四处奔走，跑遍了大山沼泽，在昆仑山山洞中，发现了伏羲氏；在太乙山山洞中，找出了有巢氏；在伏牛山遇见了鸿钧老祖；在西边的大山沟里会见了燃灯古佛；泰山的燧人氏也从山洞中出来了；天马山的神农氏也下了山。盘古把他们邀集在一堆，商量创建世界的事。这些人说，盘古的功劳最大，就尊他为皇，称盘古为上皇。盘古又给这些人分了工，各人做好一件事：有巢氏筑巢躲风避雨；燧人氏钻木取火种；神农氏耕地种粮食；伏羲氏观看形势、报告凶吉；鸿钧老祖和燃灯古佛找出害人怪物，惩罚它们。

后来有巢氏架成了房屋；燧人氏弄到了火种；神农氏种出了五谷，找到了治病的百草；伏羲氏用盘古装蟒的圆木盘做成了八卦太极图，把青黄二蟒定为两仪，表示阴阳二气，旋动八卦，就能预知凶吉；鸿钧老祖和燃灯古佛琢磨出道佛两教，教化生灵，惩凶扬善。

讲述：周海山

采录：徐再跃

选自《中国民间故事集成·湖北卷》

烈山神农

（湖北）

厉山，原先叫烈山，传说是神农皇帝[①]出生的地方。

古时候，五谷和杂草混在一起，什么禾米能吃，什么草能治病，谁也分不清。人们住的是山洞，穿的是树叶，吃的是打来的鸟兽。

烈山有个妇女，名叫安登。这天夜晚，她做了一个稀奇梦，梦见两条小龙在她身前、身后团团转，随你[②]怎么赶也赶不走，玩累了，就靠在她怀里睡。安登惊醒后，觉得很奇怪。打这以后，她的肚子一天天沉重起来，不知不觉过了十个月。一天，安登从外头往回赶，走到半路，肚子发作了，她晓得要生，就连走带跑，跑到离洞口只差一步，实在走不动了，一伙[③]倒在草窝里，生下两个儿子。大的取名叫厉，小的叫庶。

你说怪不怪，厉一生下地，肚子透亮，里头五脏六腑看得一清二楚。他三天会说话，五天能走路，七天长了满口牙齿，三岁的时候会把草籽埋到土里，尽[④]它出苗、结籽当玩意儿玩。厉长大成人后，看到人们吃得没得名堂，生了病坐那儿等死，他就想给地上百草理出个

---

① 神农皇帝：厉山氏炎帝神农。传说为医药、农耕之祖。今随州有厉山和厉山镇。

② 随你：不管你。

③ 一伙：一下。

④ 尽：这里是让的意思。

头绪，哪些能吃，哪些能治病。他每天尝几百种花草，凭他的肚子，察看各种花草在肚子里起啥作用，然后记住。就这样，他满共尝了四十四万五千种花草，总算分清了能吃的五谷，辨别了治病的药草。他自己晓得了，又对别个说。

厉还教大家耕田种地。那时候，平地没有堰坑，河里干枯了。厉在烈山挖了九口井，井水清亮亮的。这九口井还有一怪，一井打水九井动，井井相通。

那时候没有村庄，没有街道集市。厉带领大家在头道河[①]边盖了一百间草房，叫人们赶在太阳当顶时上市。从那时起，每到日头当顶，人们就带着五谷或各种药草，来到“百屋集”做买卖。这才兴起了集市。

从此，人们饿了有饭吃，病了有药治。这都是厉带来的好处呀！人们称厉是天降的神农、农夫的始祖，拜他为神农皇帝。过了四十年，他跟兄弟庶交代了一声，带领一些人离开了。神农走后，烈山百姓怀念他，便将烈山改名为厉山，将他出生的山洞改名为厉山洞[②]，还在洞口的西边修了一座庙，横匾上写了四个大字：神农旧府。

讲述：龚　炎

采录：杨传明

---

① 头道河：现为“三道河”，在厉山西三华里处。

② 厉山洞：也叫“神农洞”，在厉山南。

尧王传舜

（山西）

舜在厉山[①]上开荒种地，收成好，待人好，厉山一带的老百姓都愿意靠近他。独家庄变成了小村庄，时间不长就成了个大村子。大伙儿都照着舜的样子学，互相亲亲热热，和和气气，像一家人，不光是没有人吵嘴打架、争田夺地，而且你敬我爱，互相让起田界来。舜又勤俭、又和气、又能干的名声越传越远。

当时，尧王爷坐天下。尧王爷眼看年纪大了，儿子又不成器，他不情愿叫天下老百姓以后受害，就时常打听哪里有贤良的人，好把天下让给他坐。舜的名声越传越大，尧王爷听说了，亲自跑到厉山去打听，打听确实后，就指派他的九个儿子去和舜一起生活、劳动，看看他到底是一块真金还是烂铜。过了一些时候，尧王爷的儿子回到尧都，除了大儿子丹朱没说好话，其余的都说舜是个又贤良又有才干的人，可以把天下让给他。

尧王爷心里还不踏实，他把舜叫到朝廷里，让他先做了管农业的官，后来又做了管法律的官，再后来又做了管教育的官……朝廷里的各个官，舜都做遍了，样样干得好。尧决定再做最后一次考试。

这一天，满天黑云，压得人头都快抬不起来了。眼看大雷雨就来

① 厉山：据《史记》应为历山，为保留民间特色，不作修改，特此说明。

了，尧王爷派人把舜送到预先选好的大山林里，叫他等到大雷雨来了以后，一个人设法回去。这次主要是看看舜的胆量和勇气。

那个大山林里，有的是豺狼虎豹、毒蛇怪兽。可那些东西见了舜，远远地就避开了。为啥？因为舜是重明鸟托生的，他眼窝里有两个瞳仁，可以避妖驱邪。不管是毒蛇猛兽，还是妖魔鬼怪，只要舜一睁眼，它们就不顾命地逃跑了。这些，舜自己并不知道。

舜一个人在大山林里等了一会儿，真的大雷雨来了。山林里乌黑一片，狂风呜呜叫，水桶粗的大树都被刮断了；天像漏了底，大雨直往下浇。可舜胆子大，心眼好，不惊慌，也不迷向，冒着大雷雨顺顺当当走出山林，走回去了。

最后一次考试，舜又得了满分，尧王爷彻底放心了，就把天下让给他坐。

讲述：李土龙

采录：王吉文

选自《中国民间故事集成·山西卷》

大禹王的传说

（四川·羌族）

在岷江上游羌族居住的石纽这个地方，出了一个了不起的人物。他生下来三天就会说话，三个月就会走路，三岁就成了一个壮实的汉子。他就是羌族人感激不尽的大禹王。

石纽出世

木比塔是天上管众神的神。在他手下的众神当中，有两个怪性子的神，一个管水，一个管火。这两个神都是火暴性子，只要一见面就争吵不休，水火不相容嘛。有一天，这两个神又在天上吵起嘴来，争论谁的本事大。水神说："天下离不开水，没有水万物都要干死，石头都要裂口。"火神说："天下离不开火，要是没有火的光焰照着大地，万物都要阴死，石头都要生霉。"两个神越吵越凶，最后干脆动起手来了。火神拿起金枪，水神举起银枪，杀得天昏地暗，一连大战了三七二十一天，把天上地下打得个一塌糊涂。最后水神败了下来，被打下了人间。这个怪物把肚子里头所有的气都出在老百姓身上，他像瞎了眼的野牛一样，东一头西一头地乱撞，跑到哪里，哪里就发大水，淹没田地、寨房和牛羊，给老百姓带来了数不清的灾难。

天神木比塔知道了这个怪物在人间干的坏事，就准备派一个治水的英雄来到人间。就在这天夜里，石纽山上空祥云密布，金光四射，一个羌家妇女生下了怀胎十年的儿子大禹。他生下来时满身血污，他母亲把他放进金锣岩边一个水塘中去洗，把一塘水都洗红了。有人说现在那塘水每到八月十五晚上，在月光底下看还是红的。大禹被水一惊，哇哇大哭起来，惊动了天神木比塔，他就为大禹出世下了三天三夜的金雨。当地的人见满山满地都是黄澄澄的石头，就问大禹是不是金子。大禹晓得金子对老百姓来说不是好东西，它会引起争夺和械斗，就说："啥子金子？狗金子。"这就是当地人喊的"狗金子"。现在羌民们还能在石纽山的山沟中挖到这种"狗金子"，也就是现在说的"自然铜"。

涂山联姻

大禹慢慢长大了，他看见大水给百姓带来无数灾害，决心要为民除害，造福人间，就带领羌民用青杠树烧灰去堵洪水。可是这里堵上那里又冒出来了，四面都是堵不住的水。大禹想，一定要把水路弄清楚才行。老年人告诉他说：石纽山对门的涂山高，能看见很远的水流方向。大禹就翻过高山大岩，去涂山观水路。当他快要走到涂山顶上时，听见有人在树林边吹羌笛。原来是一个年轻漂亮的羌家女子，她眼睛像星星，脸色像桃花，身穿长衫，头顶花帕，正在专心地吹笛子，身边有一大群猪，立起耳朵在听她吹奏，一块石头上放着一张羊皮地图。大禹见是一个女子，正要离开，那女子却先说话了："偷听笛子的可是大禹吗？"大禹连忙说："是我。"又问："你咋个知道我的名字呢？"女子说："我已经等你好几天了。"大禹觉得奇怪："你等我做啥？"女子说："天下大水成灾，百姓苦得很。前几天，天神木比塔托梦给我说，石纽寨有个治水的英雄叫大禹，要来求问水流的方向，专门叫我在这儿等你，把我涂山祖传的三江九水的路图送给你。”她说完双手捧起那张羊皮地图。大禹很感激，就问：“姑娘你叫什么？”姑娘说：“我家住涂山，人们都叫我涂山氏。”

两人情投意合，就拜天地，结成了夫妇。

背岭导江

大禹从图上弄清了三江九水的流向，认为只有引水出山，才能把洪水导入大海。大禹要沿江而上，去看看是哪些山挡住了水的去路。涂山氏用五彩金线在他的鞋帮上绣上了两朵彩云，使他行走如飞。这就是流传到现在的羌人穿的“云云鞋”。

大禹治水的决心感动了住在弓杠岭脚下的一条黄龙，它飞到大禹身边，让大禹骑在它身上顺江上游，帮大禹查清水路。大禹很感激黄龙的帮助，求天神木比塔封黄龙为神。黄龙不愿受封，藏卧大山脚下。后人感谢它对大禹的帮助，在松潘修黄龙寺纪念它，现在透过清水还能看见黄龙的脊背。

大禹沿江查清了水路，决心要除去几座阻挡水路的大山。岷江水流到古广柔这个地方时，被一座大山岭挡住了去路。每到七八月份“烂秋雨”，几百条山沟的水都一齐涌进岷江，水被大山挡住流不出去。山前的好多房屋、田地都要被洪水淹没。山后平原大坝的水稻地，因为大山挡路，水流不过来，田干得像乌龟的背一样尽是口子，老百姓吃水很困难，都说水贵如油。

大禹决心要除去这座挡水路的大山。人们看见大禹一个人来到江边，甩开膀子，登起八字脚，朝着太阳升起的地方深深地吸了一口气，然后伸出粗壮的手，反背过来，倒抠着大山上的岩石。只听轰隆一声，大禹把那挡住水路的大山背起来摔到一边去了。当地的老百姓感激禹王爷给人民带来的幸福，就把这座被禹王爷背开的大山叫“禹背岭”。

九顶镇龙

古茂州的百姓告诉大禹，在茂州的大江里有一条乌龙，它经常在发大水的时候出来显威。它的尾巴一甩，就要推平几座山；它的口一张，就要吞食千百牛羊。百姓没有办法，只好在大水到来的时候，赶着牛群羊群去献给它，百姓叫苦连天。大禹从天神木比塔那里借来了九钉神耙，同乌龙大战，四方羌民都来为大禹助威，涂山氏亲自擂响岷江边上的一面石鼓。经过大禹与羌民的齐心奋战，乌龙终于被制伏在岷江边上。大禹把手中的钉耙用力投向乌龙，化作九顶山峰压住乌龙，使它再也不能出来作孽。

这山就是现在茂县东南的九顶山。茂县现在还有当年涂山氏擂石鼓这个地方。

化猪拱山

涂山氏看见大禹治水，成天东奔西忙，九年中三次经过家门都不回屋一趟，决心要帮助他开山导水。涂山氏本是天上神女下凡，她求天神木比塔把自己变成一头神猪，每天黑夜悄悄地来到大山下，用嘴拱山，给江水开路，鸡叫前又变成人回到涂山。一天，天亮后，大禹来到江边看水，发现挡住水路的大山被推平了许多，岩石上面还有猪毛和血迹，以后，天天都是这样。大禹觉得奇怪，夜里来江边观看，见挡水路的那座大山正在慢慢垮下去，水通过山口，向东流去。大禹睁大眼睛仔细看，原来有一头小山包一样的猪，浑身泥污，正在用力拱山。大禹正要上前致谢，那猪看见大禹来了，夺路就逃，却被大禹一把拉住，现出了原形。涂山氏见大禹识破了自己，觉得自身太丑，没有脸见丈夫，便化成神猪沿江向西跑。她一口气跑到了古西凉国。当地的人知道涂山氏化猪为大禹拱山、为天下百姓造福的事后，立志子孙不吃猪肉，表示对涂山氏的尊敬。

讲述：李树芬

采录：张旭刚

选自《中国民间故事集成·四川卷》

鲁班学艺

（河北）

清水河向东拐了个大弯子，弯子里有个堡子叫鲁家塆。鲁家塆里住着一个姓鲁的老木匠。老木匠已经五十八岁了，十八岁学艺跟班，算起来已经做了四十年的木匠活。勤恳的老木匠一生盖了两个堡子：鲁家南塆，鲁家北塆。老木匠有个怪脾气，做了一辈子的木匠活，没有收过一个徒弟。当别人要拜他为师学艺的时候，他总是推辞说："跟我能学出个什么手艺来，你没看看我盖的那些歪歪扭扭的房子，打出的不周不正的箱柜。"时间长了，人们都知道他这个怪脾气，要学木匠手艺的人也就不向他学了。

老木匠一生都不满意自己的技艺，他不但不教别人，连自己的儿子都不教。他一生省吃俭用，一个铜钱都能握出水，就这样积攒了三百两银子和三匹快马，准备留给自己的儿子长大投师学艺好用。

老木匠生了三个儿子：大儿子叫鲁拴，十八岁了；二儿子叫鲁宾，十五岁；最小的儿子十二岁，就是鲁班。

鲁拴和鲁宾都是衣来伸手、饭来张口的懒汉，从出生到长大，锛子倒了不知扶，斧子掉了不知捡，锛凿斧锯动都没有动过一下。爹爹和妈妈都不喜欢大哥俩。

鲁班从小就很勤快好学，常常跟在爹爹后头，帮着拉线和做些零活，瞅着爹爹扬锛使斧锯砍着木头。有一次晌午吃饭的时候，妈妈忽然发现鲁班大半天没有在家，便有点慌神了，连忙出外去找，找了大半天，才在一家新房子门前找到了。鲁班蹲在一边，两手端着下巴颏儿，正呆呆地瞅着几个木匠做窗子哩。

鲁班六七岁就愿意动斧动锯，圆木头砍成方条，粗粗的木头锯成薄板子。长到了十岁的时候，所有的家把什他都会使唤了，斧子凿子在手上乱转。鲁班成天不闲手，做了很多的小木柜、小板凳、小车……房檐子底下、堂屋地上都摆满了，像小木铺一样。鲁班看见妈妈坐在炕上打线很吃力，便从南山上砍了一棵柳树做了一把椅子，说："妈，坐在椅子上打线吧，省得腰痛。"鲁班见姐姐的针线箩筐没有地方放，便从北山上砍了一棵榆树，给姐姐做了一个木箱，说："姐姐，把针线箩筐放到箱子里去吧，省得乱放丢针掉线。"可是当大哥、二哥求他做点木活的时候，他不但不给做，还要申斥说："有木头有斧子，自己不能去做吗？"爹爹、妈妈和姐姐都喜欢鲁班。

三个儿子一天比一天大了。

一天，老木匠把大儿子唤到跟前说："孩子，你也不小了，不能总指着爹爹养活你们。'三岁牤牛十八岁汉子'，你应该学点手艺，还是学个木匠吧。不过爹爹不能教你，我的手也拙，艺也粗，从来连一个徒弟都没有收过。你带上一百两银子，骑上一匹快马，上终南山去找隐居的木匠祖师吧！"老头说完瞅了瞅鲁拴。闲懒成性的鲁拴哭丧着脸，一句话也没有说，接过银子，骑上马，晃晃扭扭地走了。

鲁拴走出大门，心想："终南山离这十万八千里，上哪儿去找师傅去。"于是他骑着马，东蹓西逛了三年，银子花光了，马也卖掉了，光杆回来了。老木匠气得没说二话，就把鲁拴赶出了大门。

老木匠又把鲁宾叫来："孩子啊，你也长到十八岁了，拿上一百两银子，骑上一匹快马，上终南山去寻找师傅吧！千万别像你哥那样。"

老头说完又瞅了瞅鲁宾，鲁宾的嘴都要噘上天了，哭哭啼啼地接过银子，懒懒地骑上马走了。

鲁宾走了一天一夜，一打听，终南山离这有十万多里的路程，便泄气了。他信马由缰地混过了三年，花光了银子，卖掉了马，披着麻袋回来了。老木匠气得更厉害，拿起榆木拐棍，一顿棍子又把鲁宾打出去了。

老木匠唤来了鲁班，流着眼泪摸着鲁班的头说："孩子，你那没有出息的两个哥哥都被我赶出去了，这回爹爹一生的希望都放到你一个人的身上。你不能让爹爹的这颗心一凉到底，千万千万不要像你两个哥哥那样——"没等爹爹把话说完，鲁班就接过话头："爹，你放心吧！儿子早就包好银子，备好了马，只等你吩咐了。找不到师傅，学不好手艺，我不回来见你！"

鲁班拜别了爹妈，骑上马，便向西方奔去。老木匠瞅着儿子的背影，揩着眼泪，嘴里不住地叨咕着："还是我的鲁班啊……"

鲁班扬鞭打马，人急马也急，一天就跑了三百多里的路程。鲁班走了十天，赶过三千里路，光光的大道走到尽头了，前面出现了一座高山。山又高又陡，道又弯又窄，道上长满了刺棘和狼牙石。鲁班勒住马愁住了。这时，忽然从山脚下走过来一个老樵夫，鲁班牵马上前作了个揖，问："老大爷，终南山离这还有多少里路程？"老樵夫捋了捋胡须，慢吞吞地说："嗯，直走六千里，弯走一万二千里，要找简便道走，就得跨过这座大山。"鲁班又问："大爷，你有没有什么办法帮我跨过这座大山？"老樵夫晃了晃头，说："这样高的山，一年也爬不到半山腰。"鲁班说："一年爬不过去爬二年，二年爬不过去爬三年，爬不到山顶我死也不下山！"老樵夫一听他说得这样坚决，也很佩服，笑了："你拿去我这把镰刀吧，用它砍刺拨石，很快就能上去。"鲁班一听可乐坏了，又点头又作揖，接过镰刀便向山上走去。镰刀轻轻地向地上一拉，刺棘和尖石都拨开了，他很快就登到山顶。鲁班把镰刀挂在一棵大树上，骑上马又向西方的大路跑去。

鲁班又走了十天，又赶过三千里的路程，光光的大道又走到了尽头。前面横淌过去一条大河，又黑又绿的河水，扔下一块石头子儿，半天都翻不上水花来。鲁班勒住了马又愁住了。这时从河对岸划过一只小船来，船头上坐着一个年轻的渔夫。鲁班牵马上前作了个揖，问："大哥，这儿到终南山还有多少里？"渔夫拨弄了一阵手指，说："嗯，直走三千里，弯走六千里，要找简便道走，就得横跨过这条大河。"鲁班接着问："大哥，能不能想办法把我渡过河去？"渔夫皱着眉头说："这不行！河又宽，水又深，自古以来这条河淹死过多少过路的人！"鲁班说："不怕水深探不到底儿，不怕大河宽到天边，不跨过这条大河我死也不转回头！"渔夫见鲁班很刚强，笑了："兄弟，牵马上船吧，我把你渡过河去。"

鲁班渡过了河，又奔上大道，追风赶日又走了十天，三千里路程甩在脑后头，光光的大道又走到了尽头，眼前出现了一群高山。鲁班心想："这座大山恐怕就是终南山了。"山头很多，曲曲弯弯二千多条小道。从哪一条道上山呢？鲁班又愁住了。这时他发现山脚下有一处小房，房门口坐着个打线的老大娘。鲁班牵马上前作了个揖，问："老奶奶，终南山离这还有多少里？"老奶奶张口就答："直走一百里，弯走三百里；三百座山头，三百个神仙，你要哪一个？"鲁班一听可乐坏了，连忙回答："我投奔木匠祖师，从哪一条小道上去？"老大娘说："九百九十九条小道，正中间那一条路就是！"鲁班连忙道谢，左数四百九十九条，右数四百九十九条，踏上正中间的小路，打马向山上跑去。

鲁班到了山顶，只见一片树林子里露出几疙瘩房脊，走近看是一处三间房子。鲁班轻轻地推开了门，屋子里横竖放了一地破锛子、烂凿子，连脚都插不进去。鲁班向床上一看，一个白发颠颠的老头子伸着两条腿睡着大觉，像雷一般地打着呼噜。鲁班心想："这个老头子一定就是木匠祖师了。"鲁班没有惊动师傅，把破锛子、烂凿子收拾了起来，放在木头箱子里，而后又很规矩地在长凳上坐下，等着老师傅醒来。

老师傅的觉可真大，翻了好几次身都没有醒，直到太阳落山的时候，才睁开眼睛坐了起来。

鲁班走上前，跪在地当心，说："老师傅呀，徒弟今天拜上门，请求师傅能收我学艺。"

老师傅问："你叫什么名字啊？从哪儿来的？"

鲁班回答："我叫鲁班，从一万里地外鲁家塆来的。"

老师傅又问："学艺为什么来找我呀？"

"因为你是木匠的祖师！"鲁班回答得很干脆。

老师傅停了一下，说："我要考问你一下，答对了我就把你收下，回答不对可别怪师傅不收你，怎样来还怎样回去。"

鲁班的心跳了一下，说："如果今天回答不上来，明天来回答；哪天回答上来，哪天让师傅收留！"

老师傅说："普普通通的三间房子，几根大柁，几根二柁？多少根檩子？多少根椽子？"

鲁班张口就答："普普通通的三间房子，三根大柁，三根二柁，大小二十根檩子，一百根椽子。五岁的时候我就数过它。"

老师傅把头轻轻地点了一下，接着问："一件技艺，有的人三个月就能学去，有的人得三年才能学去，三个月和三年都扎根在哪里？"

鲁班想了想回答："三个月学去的手艺，扎根在眼睛里；三年学去的手艺，扎根在心里。"

老师傅又轻轻地点了一下头，接着提出第三个问题："一个木匠师傅教好了两个徒弟，大徒弟的一把斧子，挣下了一座金山；二徒弟的一把斧子，在人们的心里刻下了一个名字。如果你学好了手艺，跟哪个徒弟学？"

鲁班马上回答："跟第二个学。"

老师傅不再问了："好吧，既然你都回答了上来，我就得把你收下。不过可有一件，要向我学艺就得使用我的家把什，我已经有五百年没使唤这些玩意儿了，你拿过去修理修理吧！"

鲁班站起身来，把盛装家把什的木箱放到磨刀石旁，一样样地拿了出来。这时候他才仔细地看了一下：斧子长了牙，长锯连一个齿都没有留下，两把凿子又弯又秃，长满了土锈。鲁班连一口气都没有喘，挽起袖子便磨了起来。白天磨，晚上磨，膀子磨酸了，两手磨起了血泡，又高又厚的磨刀石，磨得像一道弯弯的月牙。鲁班磨了七天七夜，斧子磨利了，长锯磨出了尖齿，凿子也磨出刃了，所有的家把什都磨得又快又光又亮。鲁班一样样地送给老师傅看了，老师傅看完了只是点了点头，连一句"行或是不行"的话都没有说。

"为了试试你磨的这把锯，你要把门前那棵大树锯倒，它已经生长五百年了。"

鲁班扛着锯，走到大树下。大树可真粗，两只胳膊没抱住，往上一瞅，呀！树尖都快要顶天了。鲁班坐在大树下锯起大树来，足足地锯了十二个白天和十二个黑夜，才把大树锯倒。鲁班扛着大锯进屋去见师傅。

老师傅又吩咐说："为了试试你磨的这把斧子，你要把这棵大树砍成一根大柁。要它光得不留下一根毛刺儿，圆得像十五的月亮。"

鲁班转过身提着斧子就出去了。一斧斧砍去大树的枝丫，削去了树疤，足足地砍了十二个白天和十二个黑夜，才把一根大柁砍好。他提起斧子进屋去见师傅。

老师傅接着又吩咐："还不行。为了试试你磨的凿子，你要把大柁凿出二千四百个眼子，六百个方的，六百个圆的，六百个三棱的，六百个扁的。"

鲁班提起凿子便凿了起来，只见一阵阵木花乱飞，他越凿越有劲儿。足足地凿了十二个白天和十二个黑夜，二千四百个眼子凿好了。鲁班提着凿子又去见师傅。

这回老师傅可笑了，连忙走下花藤椅子，接下鲁班手里的凿子，揩去了鲁班脸上的汗珠，夸奖说："好孩子，什么也难不倒你，我一定把我全部的技艺都传教给你！"说完，便把鲁班领到西间屋里去，一进屋鲁班的眼睛就睁大了，眼神也不够用了。原来这间屋子里摆了好多的模型，里面有各式各样的楼阁桥塔、椅凳箱柜，制造得都特别精致。老师傅笑着说："你就一个个地拆下来再安上，每一件模型都要拆下一遍，安上一遍；拆安好了，你的手艺也就学好了。你自己专心地学吧，我不在你的身边唠叨。"老师傅说完就走出去了。

鲁班拿起模型，翻过来看，推过去看，擎在手里不舍得放下。老师傅让拆安一遍，他拆安了三遍。每天只见他进屋不见他出屋，饭放凉了顾不得吃；胳膊腿累乏了，顾不得伸一伸。每天，老师傅睡觉前来看看，鲁班在房子里拆安；老师傅睡觉醒来看看，鲁班还是在房子里拆安。当老师傅催促他睡觉的时候，他只是嗯嗯地信口回答，可是拿在手里的模型却不放下。

就这样，鲁班苦学了三年，手艺学成了。老师傅为了试试他学得如何，便把全部的模型都毁掉，鲁班凭着牢固的记忆，一样样地又重新地给制作出来。老师傅又提出好多新的样式让他制作，鲁班细心地一琢磨，就能很快地按着老师傅的要求做出来了。老师傅很满意。

一天，老师傅把鲁班叫来，留恋地说："徒儿，三年过去了，你的手艺也学好了，今天该下山了。"

鲁班一听，心一下子就凉了半截，说："那不行，我的手艺还没有学成，我还要再学三年呢！"

老师傅笑了："以后你自己学吧，今天说什么你也得下山！"徒弟要走了，师傅送给点什么东西呢？老师傅想了想说："好吧，你磨的斧子、长锯、凿子就送给你拿去用吧！"

鲁班呆呆地瞅着师傅，哭了："穷徒弟留给师傅点什么东西呢？"

老师傅一听，又扑哧地笑了："师傅什么也不要你的，只要你不丢了师傅的名声就够了。"

鲁班含着眼泪拜别了师傅，下山了。

鲁班回来的路上，没有找到赐刀跨山的老樵夫、渡河的渔家大哥和指路的老奶奶。为了报答他们的恩情，鲁班在第一次跨过的高山上造了一座大塔，在大河上修了一座大桥，在终南山下盖了一座大庙（据说这些东西至今还有）。

鲁班回到家，拜见了爹妈，拿着师傅赐给的斧子，记着师傅的嘱咐，给人们做了很多的好事，留下了很多动人的故事。后世人尊称他为木匠的祖师。

搜集整理：琐　辰

选自贾芝、孙剑冰编《中国民间故事选》

秦始皇赶山

（江西）

传说，庐山是秦始皇用他的一根神鞭，从长安赶到这儿来的。

秦始皇修筑万里长城的时候，在全国各地抓了很多老百姓，这当中也有一部分是读书的人。这些人平时只晓得啃书本，现在整天要他们挑砖运土，叫他们怎么吃得消呢？全都瘦得猴子一样，一个个叫苦连天。

这天，黎山老母打坐天宫，忽然看见一股怨气冲上天空。她拨开云雾一看，见那些修筑长城的人，全被扁担压弯了腰，连走路都走不稳。黎山老母心里不忍，便拿出一把红丝线，往下一丢，那些红丝线便在空中散了开来，飘飘忽忽的，随着风往下落，一根根捆在那些挑担子的人的扁担上。黎山老母丢下的这些红丝线，都是仙家的宝物，一捆在扁担上，担子就轻了七八成。真是救了那些人的命啊！

这件事也不知道怎么被秦始皇知道了。他就想：这是什么红丝线，竟会有这样的神通呢？说不定是什么仙家的宝物。秦始皇这么一想，就下了一道圣旨，把那些红丝线全部收拢来，他要另派用场。秦始皇圣旨一下，下面那些官员就跑断了腿。当天晚上，趁那些做苦工的人睡着了的时候，他们便派人把扁担上的红丝线一根根解下来，第二天，用一匹快马便送进了皇宫。

秦始皇拿着那些红丝线，看了又看。每一根都是细细的、亮亮的，怎么用力拉也拉不断。秦始皇又想了想：一根红丝线就有这么大威力，如果把红丝线全拧在一起呢？那不就威力无比了吗？秦始皇就想了个主意，选了几个手艺巧的人，把这些红丝线编啊绞啊，一直编绞了三天三夜，终于编成了一条又粗又长的鞭子。秦始皇非常高兴，他要亲自试试这条神鞭的威力。

秦始皇摆驾出了咸阳，前呼后拥地来到骊山，下了龙辇。他手握神鞭，对着骊山呼地就抽了一鞭。这一鞭抽下去可不得了啦！就听得轰隆隆一声响，飞沙走石，就像用斧头砍了一样，把骊山劈掉了一半，连秦始皇也吃了一惊。好厉害啊！真是一条赶山鞭啊！有了这条神鞭，秦始皇就抖起了威风。对！我要赶着骊山去把东海填掉，也让天下的人都知道我的本事。秦始皇这么一想，就啪啪啪啪一连抽了九十九鞭，把劈下的那半边山抽成了九十九个山包，九十九个山洼，变成了九十九座奇峰，九十九个险谷。秦始皇又一路挥着鞭子，赶着山直往东海跑。

秦始皇要赶山填东海，这可把东海龙王吓到了。他赶忙出了龙宫，腾云驾雾上了天庭，向玉皇大帝启奏，说秦始皇要赶山填他的东海，请玉皇大帝救他。玉皇大帝听了也有些为难，秦始皇是真命天子，又不能随便杀他。想了想，他便下了一道圣旨，命龙王的女儿三公主去阻止秦始皇赶山填海。

三公主领了玉皇大帝的圣旨，摇身一变，变成了一个很漂亮的村姑，在秦始皇要经过的长江边上，摆了个茶摊，在那里等着。过不了几天，秦始皇真的赶着山来了。他这一路上走得急，又不停地挥动着鞭子，早已经累得不行了。过了长江，老远就看见一个斗大的“茶”字，又闻到一股清香味，走近一看，原来是一个茶摊。秦始皇很高兴，就想坐下来休息一下，喝几口清茶，养足了精神再来赶路。

秦始皇握着赶山神鞭，进了茶摊，一眼就看见了那个卖茶的村姑。

啊呀！长得真漂亮，一双眼睛像清泉一样，笑起来脸上一对酒窝，真是赛过天仙啊！秦始皇看得眼睛都发直了。心里想：我有三宫六院，七十二妃，没一个能比得上她。像这样漂亮的女子，我何不把她选进宫去呢？秦始皇正想得美滋滋的，三公主朝他微微一笑，说："客官，想必是要喝茶吧，请坐，请坐！"秦始皇坐在凳子上，眼睛就没有离开过三公主。

三公主笑眯眯地给秦始皇泡上一杯香茶，说："这是我们山里自己种的茶，客官请不要见怪。"秦始皇喝了一口，说："唔，果然是好茶。请问姑娘尊姓大名，怎么一个人在这儿卖茶？"

三公主说："奴家名叫海姑，家住南山下，因家境贫苦，生活艰难，才卖茶糊口。"

秦始皇一听，心里更加高兴。他拿出皇帝的架子，说："实话告诉你，我是当今皇上，也算你有造化，遇见了我。你只要随我进宫去，保管你穿的是绫罗绸缎，吃的是山珍海味，一天到晚都有人服侍你，保你享一辈子的福！"

三公主故意装得很吃惊的样子，赶紧低下头，不作声。秦始皇以为她不肯跟他走，说："我还可以给你造一座美丽的宫殿，任你游玩，这下你总该高兴了吧？"

三公主还是摇摇头，不出声。秦始皇更急了，说："那你要什么呢？我是皇帝，这天下的一切都是我的，只要你要，我都可以给你。"

三公主见秦始皇总是握着那条赶山神鞭，一刻也不松手，便心生一计，说："万岁说的是真的吗？"秦始皇忙说："有道是君无戏言！"三公主扑通一声跪在地上，甜甜地说："谢万岁！"

三公主这么一跪，把个秦始皇喜杀了，慌得他赶紧丢下赶山神鞭，双手把三公主扶起来，说："我的美人，只要你答应我，要什么你就说吧，朕都给你。”

三公主见秦始皇放下了赶山神鞭，心里暗暗高兴。她趁秦始皇没防备，唰的一下就抢过了神鞭，说：“我要的就是这条鞭子！”三公主说完，呼的一声，化作一阵清风，拿着神鞭，回东海龙宫向父王复命去了。

秦始皇丢了赶山神鞭，再也不能赶山啦。那座山就永远地留在了长江南岸，鄱阳湖边上。这就是现在的庐山。被秦始皇九十九鞭抽打出来的九十九个坡，九十九个洼，就成了现在庐山的九十九座山峰，九十九座山谷，又美丽又险要。

再说秦始皇不见三公主，心里还老是想念着她哩。他登上庐山去寻找，找遍了山山岭岭，也见不到三公主的影子。没办法，他只好回咸阳去了。

讲述：李水泉

采录：熊侣琴

选自《中国民间故事集成·江西卷》

孟姜女的传说

（北京）

孟姜女从小是一个瓜，在瓜秧上长着。

在八达岭有这么两家人家，挨帮靠底地住在一块儿，墙东是孟家，墙西是姜家，多少年了，处得跟一家人一样。

这年，墙东孟家种了棵瓜秧，结了一个瓜，顺着墙头爬过去了，在墙西姜家那边儿结着呢。瓜长得奇了，溜光水滑，谁看见谁夸。一来二去的，这瓜就成了挺大的个儿。赶到秋后摘瓜了，一瓜跨两院，怎么办呢？得分哪，就拿刀把这瓜切开了。

瓜一切开，嗬，金光闪亮，里边没有瓤，也没有籽儿，只坐着一个小姑娘，粗眉大眼儿，又白又胖。孟家和姜家都没有后代，一看可喜欢了，两家一商量，雇了一个奶母，就把小姑娘收养起来了。

一年小，两年大，三年长得盛不下，一晃儿，这小姑娘十多岁了。两家都有钱，就请了个先生，读书。念书得起个名啊！一家说："叫什么呢？"另一家说："这是咱们两家的后代，就叫孟姜女吧。"打这儿就叫了孟姜女。

这时候，秦始皇就修边了，在这八达岭造长城，到处抓人要工。谁闹都不放，多会儿工修齐了才能让你回来呢。没白天黑夜地干，人饿死的、累死的不知多少。

范喜良是个念书的公子，他听说秦始皇修边抓人，害怕啊，吓得就跑出来了。光杆一个人儿，人地两生，跑到哪儿去呢？他抬头一看，前不着村儿，后不着店儿，又不敢远走，就犯了愁了。可愁也得走哇，又跑了一阵子，看见一个村子，村里有个花园，就进去了。

这花园是谁家的呢？是孟家的。这工夫，正赶上孟姜女跟丫鬟逛花园。孟姜女一看，葡萄架底下藏着一个人，可吓坏了，“啊呀——！”喊了一声。

“怎么回事？”

孟姜女说：“不好了，有人，有人！”

丫鬟一看，可不有人，就要喊。范喜良赶忙爬出来说：

“别喊，别喊，救我一命吧，我是逃难的。”

孟姜女一看，范喜良是个青年书生，长得挺好，就跟丫鬟回去找员外去了。到员外跟前，怎么来怎么去一说，老员外挺好，说：“把他请进来吧。”就请进来了。员外说：

“你姓什么？叫什么？”

“姓范，叫范喜良。”

“你哪儿的人哪？”

“是这村北的人。”

“因为什么逃出来的？”

“因为秦始皇修边抓人，没办法，跑到这来了。”员外一看，小伙儿挺老实，说：

“好吧，你在这住下吧。”就把他留下了。

住了好些天了。孟员外想，姑娘不小了，该找个主啦，就跟老伴商量。员外说：

“我看范喜良不错，不如把他招门纳婿得了。”

老伴一听，说：“那敢情好了。”挺乐意。说：“跟姜家商量商量。”

跟姜家一商量，也挺乐意。范喜良呢，更不用说，就把这门亲事定下了。

说办就办，择了个日子成亲，摆上酒席，请来各样的亲友宾朋，大吃大喝，闹了一天。

孟家有个家人，也不知叫什么七什么六儿的。这小子不是东西，看孟员外没儿子，早就惦记在心上了。他想，将来孟家招门纳婿一定是我的事。可是范喜良来了，他这算盘不就是白打了吗？猫咬吹泡一场空啊。他气得脸色煞白，一转眼珠，主意就来了。他偷着跑到县官那里送信去了。他跟县官说：

"孟员外家，窝藏民工，叫范喜良。"

县官一听窝藏民工，说：

"抓去！"

带上衙役兵就去了。

这时候天快黑了，宾客也散了。孟姜女和范喜良正准备入洞房呢，就听鸡叫狗咬。不一会儿，进来一伙衙役兵，没容分说，三拉两扯，就把范喜良给抓走了。

孟姜女一看，丈夫被抓走了，大哭小号，闹了一阵，也没办法。跟她爹妈哭一阵，可也不行啊，就发起愁来。过了几天，孟姜女跟她爹妈说：

"我要去找范喜良。"

她爹妈一想，去吧，就给拿出银子，叫家人跟着，一块儿送她一程。

这个家人不是东西呀，走到半路上，就不说人话了，想调戏孟姜女。他说：

"范喜良一去是准死无活，你看我怎么样？跟着我过吧！"

孟姜女就知道他要使坏，说：

“好吧。好可是好，但咱们俩成亲，也得找个媒人哪！”

家人一想，这可上哪儿找媒人去？孟姜女说：

“这样吧，你看那山沟里有朵花，你把它拔来，咱俩以花为媒吧。”

这个家人心想，孟姜女真是一片诚心哪，就去拔。走到沟边一看，犯了愁了。那山沟立陡石崖，这么深，怎么下去呀？孟姜女说：

“你要是男子汉，有胆量，这好办，把行李绳子解下来，我拉着，你往下爬，不就行了吗？”

这家人就解下绳子，孟姜女拉着一头，这小子拉着一头，心惊胆战地爬下去。他抓住绳子，手刚离地，孟姜女一掀腿，一撒手，“咕咚！”“妈呀！”把这小子活活给摔到石崖下面去了，摔个脑浆迸裂。

剩下一个人了，孟姜女收拾收拾，奔修边的工地去了。到这儿寻了好几天也没寻着。后来碰上一帮民工一问，说：“你们这儿有个范喜良吗？”大伙说：“有这么个人，新来的。”孟姜女说：“他在哪儿呢？”一个人说：“这几天没看着他，说不定死了。”孟姜女一听可吓了一跳，赶忙问：

“尸首在哪儿？”

那人说：“咳，谁管尸首啊？早填了城脚了！”

孟姜女一阵心酸，就大哭起来，哭得天昏地暗。正哭着，只听哗啦一声，一段长城倒了，露出来范喜良的尸首。孟姜女抱着尸首，哭得死去活来。正哭着，来了一帮衙役兵，没容分说，上去就把她绑起来，送给县官。那时候净攀高枝呀，县官一看孟姜女长得好看，就送给秦始皇了。

秦始皇赏了县官金银财宝，给他升了官，就霸了孟姜女。可是孟姜女怎么能服从呢？死也不从。没办法，秦始皇找几个老婆子去劝，劝也不从。再劝，还是不从。

日久天长啦，老这样下去也不行啊。孟姜女想了一个主意，说：“从了。”看护人一听从了，就报给秦始皇。秦始皇的心里蛮高兴，就来见孟姜女。孟姜女说：

“从可是从，你得应我三件大事。”

秦始皇一想，只要你从，别说三件，三十件也依你。

孟姜女说：

“头一件，请高僧高道[1]，高搭彩棚，给我丈夫念七七四十九天经，超度他的亡魂。”

秦始皇为了得到孟姜女，寻思寻思说：

“行，应你这一件。”

孟姜女说：

“第二件，你要穿上孝服，在灵头跪下，叫三声爹。”

秦始皇这回可犹豫了，我是人王帝主，怎么能干这个，于是说：

“这条不行，再说第三件。”

孟姜女说：

“不行，就没有第三件！”

秦始皇没了主意。再劝吧，不行，想了半天，还是没办法。他看看孟姜女，越看越美，说：

“行，我答应第二件，说第三件吧。”

孟姜女说：

“第三件，你要跟我游三天海，三天以后，才能成亲。”秦始皇想，这一件很容易。

“成了，三件都依你。”

秦始皇就吩咐请高僧高道，大搭彩棚，准备孝服。都准备齐了，

---

① 一般认为佛教传入我国是在汉朝，为保留民间故事特色，此处未作修改。

秦始皇披麻戴孝，真当了孝子。

赶到都发丧完了，该游海了。孟姜女跟秦始皇说：“咱们游海去吧，游完好成亲。”秦始皇可真乐坏了，叫人抬上两顶花彩轿，跟孟姜女就来到了海沿。孟姜女下了轿，走了几步，推开秦始皇，扑通一声投了海了。

秦始皇一看，可急了：“来人！来人！”话没开口，人早沉底了。秦始皇没办法，就拿起赶山鞭，往海里赶石头，想把孟姜女砸死在海底。

可是他这一赶不要紧哪，海龙王受不了啦。要是石头都跑到海里，那龙宫不就完了吗？他犯了愁了。

龙王有个公主，非常聪明，她跟老龙王说：

“不要紧，我去偷他的赶山鞭。”

“你怎么偷呢？”

“我变个孟姜女，出去跟他成亲，就偷来了。”

龙王一听，这办法不错，说：“去吧。”龙王公主就变成孟姜女出了海了。

一出海，秦始皇还在那儿赶呢！龙王公主说：

“你看你，我说游海三天，现在还不到两天，你就填起海来了，幸亏没砸着。”

秦始皇一看，孟姜女回来了，乐了，收起赶山鞭说：“我寻思你不回来了呢。”就跟龙王公主回去了。

龙王公主跟他配了一百天夫妻，把赶山鞭给盗走了。

从此以后，秦始皇再也没有办法了。

搜集整理：张紫晨

选自《民间文学》

牛郎星和织女星

（湖北）

牛郎父母去世后，他的哥哥嫂嫂便同他分了家，霸占了大部分家产，只分给他一头牛和一间破破烂烂的房子。牛郎对牛很好，牛棚里早晚垫得干干的。白天，他和牛一起上山；夜里，他就睡在牛棚里。一有空牛郎就给牛梳毛、割草，把牛侍候得膘满肉肥，毛色闪闪发亮，溜光溜光。

一年一年过去了，牛慢慢老了。一天，牛郎赶老牛上山，老牛不吃草，只是站在那儿出长气。牛郎问："牛大哥，牛大哥，你往日进山里，甩着尾巴，大口大口吃草。今儿怎么就不高兴啦？"

牛郎本是说着玩的，想不到老牛张张嘴，眼泪直流，真的答话了："牛郎，牛郎，你侍候我这些年，把我看作亲兄弟。我今天对你说实话，我是天宫的牛头夜叉，因犯了天条，降下凡来。时间到了，我要返回天宫去了。我看你一个人怪孤单的，寻思着给你办个好事。明天中午，你翻过后山，山那边河里有七个姑娘在洗澡。你只要把其中一件黄绿色的衣服带回来，好事就能办成了。"

第二天中午，牛郎照着老牛说的来到了河边，果真有七位姑娘在洗澡。牛郎在花花绿绿的衣裳中找到了黄绿色的衣服，并将它带回来给老牛看。

老牛点点头，哭了起来，他这一哭，牛郎也哭了。老牛说："我要走了。我死后，你把我的皮剥下来，把角取下来，有急事的时候，这两件东西能助你一臂之力。”说完，老牛就死了。

牛郎在老牛身旁大哭一场，含着眼泪剥牛皮、取牛角，埋了牛身子。

晚上，牛郎正孤零零地对着那件黄绿色的衣裳发愣，屋里突然进来个姑娘。原来她是天上的织女，长得好像用笔画出来的一样。织女说：“牛郎，我住下和你成亲吧！”

牛郎说：“你是神仙，我是凡人，怎么能成亲呢？”

织女反问道：“不能成亲，你为什么要拿我的衣裳呢？”

牛郎被问住了，只好答应了。

一年过去了，织女生下一儿一女，两个娃娃又胖又惹人爱。一家人在一起，日子过得和和美美。

某年的七月初七，突然狂风大作，云雾茫茫，天上咚咚咚响起了天鼓声，天兵天将踏云而来。只听他们在云里大喊：“织女归天！织女归天！”

织女听到喊声，伤心地哭了起来，她舍不得离开牛郎和孩子。她对牛郎说：“我在天上天天织布，不回去不行。我走后，你要把孩子照顾好。”说着天鼓声又响了起来，天神又喊又叫，织女不得不飞上天去了。

牛郎眼睁睁地看着织女越飞越高，却束手无策。

这时他想起老牛的话来，连忙用一对箩筐挑着两个孩子，披上牛皮，踏上牛角，也飞了起来。在牛皮、牛角的帮助下，牛郎越飞越快，眼看着就要追上织女了。

这时王母娘娘出现了，她摘下发簪往他们中间一划，一条波涛汹涌的天河顿时奔腾而出，把一家人分隔两地。

织女和牛郎泪流满面，孩子哇哇大哭，不停地喊着“娘亲”。王母娘娘见此情形，于心不忍，便让牛郎也留在天上，但只允许他们每年的七月初七相会一次。

从此天河两岸出现了两颗闪亮的星——牛郎星和织女星，那就是牛郎和织女变的。每年在牛郎、织女相会的那天，成群的喜鹊在天河上搭起一座桥，让牛郎和织女过桥相会。那几天人们很少看见喜鹊，因为它们都飞到天河那里搭桥去了。有人说，十二岁以下的小娃娃钻进苦瓜架下，还能听到牛郎、织女在桥上会面时说的悄悄话呢。

讲述：冯明文

搜集整理：李征康

选自《伍家沟村民间故事集》

白蛇的传说

（江苏）

一、保　和　堂

许仙和白娘娘从姑苏逃到镇江，在五条街上开了间保和堂药店，夫妻俩过得恩恩爱爱，甜甜蜜蜜。

这时，镇江正闹瘟疫，一个传一个，害病的面黄肌瘦，没精打采，躺在床上的，倒在路边的，到处都是。

一天，许仙愁眉苦脸地跟白娘娘说：

“外面闹瘟疫，正要药用，店里药不多了，怎么办？”

白娘娘想了想，说：

“草药，我倒认识哩！外头药既然一时难进，不如明天起，我到山上去采，店里有了药，也好解救百姓。”

许仙说：“山上野兽多，你可要当心啊！”

白娘娘点点头。

第二天，到了五更三点，白娘娘背了一只药篓子出去了。到哪里去采草药呢？镇江西门外三十里有一座高山，叫“嵌船山”，又叫“百草山”。传说当年这里一片汪洋，岛上住些人家，终日阴气沉沉，蛇蝎横行，百姓苦得不得了。百草仙子装了一船草药，来救受苦受难的百姓，不想半路上遇到狂风把船刮翻了，变成了一座山。——至今这山还像座底朝天的船，山上长了百样草药。

白娘娘驾了白云飞到百草山，满山百草直点头，奇香异味一个劲儿往鼻子里钻。白娘娘站在百草丛中，很快采集了一篓子草药。

打这天起，保和堂药店的药又多了起来，什么龙胆草、金银花、杜仲、黄柏，堆得像一座座小山。白娘娘和许仙在店门口，又摆了一口圆桌面大小的水缸，泡了满满一缸草药，不要钱，治好了不少穷苦百姓的疾病，救活了不少人的性命。

俗话说："好事传千里。"镇江到处很快传开了："保和堂的药灵、人好。"这么一来，个个百姓都朝保和堂跑了。哪晓得，这件事触犯了金山寺的长老禅师法海和尚。怎哩的吵？[①]本来百姓有病，总跑到金山寺找法海和尚画个符，念个咒，弄点什么"灵丹""妙药"，少不得送钱送礼；不想如今有了病，都往五条街上的保和堂跑了，他不恨吗？再一细打听，原来是对头星白娘娘干的，他更恨了。他闭着眼睛，拨弄着佛珠，终于想出了一条毒计……

这天，到了五更三点，白娘娘药篓一背，又去采草药了。许仙刚刚送走白娘娘，关好门，只听见外头笃笃笃，传来一阵敲木鱼的声音。这声音越来越响，大清早的听得人心烦。许仙把门一开，只见一个圆头胖脑、白净净的老和尚盘膝坐在门口，脚前放了面盆大的木鱼，闭着眼睛直敲哩！

许仙是个软心肠的人，笑笑说：

"老禅师，大清早的化什么缘？"

法海摇摇头。

"老禅师，既不化缘，有什么事吧？"

法海慢慢睁开眼，一双贼眼直转，转到许仙的脸上，说：

---

① 怎哩的吵：方言，怎么回事的意思。

“老僧看你脸上有妖气！”

许仙吓了一跳，急忙问：

“老禅师，此话怎讲？”

“此处不是谈话处，明日到金山寺找我法海！”法海说着站了起来，两眼露着凶光，压低嗓门，声音像蚊虫一样，“这话上不能告诉父母，下不能告诉妻子儿女，不然可要五雷击顶啊！”

法海说完，敲着木鱼向金山寺方向走去。

二、五 月 端 午

第二天，许仙从金山寺回来之后，一直闷闷不乐，终日愁眉苦脸。本来恩恩爱爱的夫妻，如今总是离汤离水。

五月端午到了，家家门上插艾草，人人喝点雄黄酒，避避蛇虫。

小青青根基差，白娘娘叫她躲进了深山。

中午，许仙死缠硬拉，一定要白娘娘陪他吃雄黄酒。为什哩吵？那日，法海跟他说白娘娘是妖怪。开始，许仙怎么也不相信，但法海一口咬定白娘娘是白蛇，说你端午节要她喝雄黄酒，她一定不肯喝；她要是喝了，就会现出蛇形来。许仙一直把这话憋在肚里，疑疑惑惑，刚好今天是端午节，他想试试。

白娘娘晓得许仙硬拉她喝雄黄酒，是法海用的“雄黄计”，就不肯喝。许仙一看，这不是应了法海的话吗？他脸朝下一沉，说：

“你我既是真夫妻，你就喝！”

这一说，白娘娘尴尬了。不喝吧，要中法海的计；喝吧，自己要现形。怎么办？她笑了笑，勉勉强强喝了半杯。许仙一望白娘娘真喝了雄黄酒，也就不把法海的话放在心里了。

白娘娘喝下了半杯雄黄酒，心里着实难过了，像刀绞一般。她跟许仙说：

“相公，今天我头有点昏。”

“那你就先在床上躺躺吧！”

白娘娘随手放下白罗纱的蚊帐，脸朝床里，睡觉了。今天，许仙心里高兴，连日来的疑团解了。他想，这班和尚真是疑神见鬼，抬是搬非，要是听了他的话，我们夫妻不是不和了吗？他左一杯，右一杯，喝得差不多了，也想上床休息。他把半边帐子一掀，只见一条白蛇挂在帐檐下。许仙一吓，咚地一倒，死过去了。

午时一过，白娘娘雄黄酒性过了，一看许仙死了，晓得是被自己现形吓的，哭得死去活来。恩爱的夫妻，能不伤心吗？

这时，小青青躲过午时也回来了。

白娘娘跟小青青说：

“如今要救许郎的性命，只有到峨眉山上去盗仙草了，就是不晓得能不能回头。现在拜托妹妹一件事，许郎请你看守，我七天不回头，恐怕就死在那块了……”

白娘娘说着说着，眼泪簌簌地往下淌。

小青青说：“姐姐，你就放心好了，我一定等你回来。”

三、盗　仙　草

白娘娘驾了白云，越过了九十九座山，跨过了九十九条河，飞到了峨眉山。

山顶上，白鹤仙子和鹿童仙子，正看守住灵芝草哩！

白娘娘变成一条小白蛇，嗖地一下蹿进了仙草丛中。

这时，白鹤仙子和鹿童仙子看看山上，草不动，树不摇，鸦雀无声，一切如常，就转回仙洞了。

白娘娘一望，机会来了，看来许郎有救了。她嗞嗞地向灵芝草游去。这灵芝草能起死回生呢！她一下摘了两棵，含在嘴里（怕许仙吃一棵灵芝草不行哩！）刚要走，不想鹿童仙子又出来察看了。她连忙又躲进仙草丛中，屏住气，不敢喘。鹿童仙子一望，灵芝草少了两棵，这还得了，就在四处八方找了，一下发现了白娘娘。两下打了起来，白娘娘虚晃了一下，正想溜，只听见头顶上呱的一声尖叫，飞来了白鹤仙子。白娘娘一吓，跌倒在地。白鹤仙子张开两个爪子朝白娘娘身上一站，伸着长长的尖嘴，就要叼。

“徒儿，休动！”

原来，南极仙翁从洞里出来了。他叫白娘娘站起来，问她为何盗仙草。白娘娘眼泪哗哗的，她已怀孕六个月了。再说，许仙死去了六天，时间不能再耽搁了。她把情况一说，南极仙翁十分同情她，随即叫白鹤仙子送她回镇江，今天不到，许仙就救不活了。

白娘娘伏在白鹤身上，转眼飞到镇江五条街保和堂。

小青青正在哭哩！姐姐讲七天不到，怕死在峨眉山了。她收拾收拾正准备走。

“小青青，小青青，我来了。”

白娘娘飞进窗子，站到小青青面前。

这时，许仙的命是十分剩下了一厘，只有一口游气了。白娘娘连忙弄阴阳水，把灵芝草一泡，想朝许仙嘴里灌。哪晓得许仙牙关紧咬，好不容易才撬开牙关，仙水咕地下肚了。只听见五脏在孔咚孔咚地响动，不到一时三刻工夫，许仙头微微抬了一下，嘴一张，呼哧呼哧出气了。

许仙慢慢睁开双眼，一看白娘娘和小青青围住他，他一把拉住白娘娘的手，说：

“娘子，娘子，我现在在哪里？”

白娘娘一看许仙醒了，喉咙里像塞了什么东西，眼泪滴滴答答直落，一颗一颗晶莹莹的泪珠，洒在许仙脸上。

四、水 漫 金 山

俗话说："菩萨面，蝎子心。"

许仙刚刚病好，又给法海花言巧语骗上金山寺，藏在法座背后。

这下可急坏了白娘娘。

小青青跺着脚，说：

"姐姐，法海老秃驴欺人太甚！走，我们上山跟他要人，如若不给，就杀他个鸡犬不留。"

白娘娘一想，事到如今，也只有上门要人了。不过还是先礼后兵的好。她齐眉扎起白绫包巾，上穿白绫短袄，下扎八幅罗裙，带着小青青，一路出了镇江西门。

转眼到了江边，只见白浪滔滔的长江中有一个小岛，小岛上上下下全是庙宇，隔江望去，香火腾腾，那就是金山禅寺。

白娘娘脱下一只花鞋，朝江里一抛，江上立即漂起一只五花彩棚的木船。白娘娘站在船头点篙，小青青站在后艄摇橹。

小船迎着浪头向前，来到金山寺门前。法海站在金山顶上，手执禅杖。他心怀鬼胎，早叫小和尚把寺门关得像个铁桶似的。

白娘娘看见法海，火从八处冒："你法海三番五次破坏我夫妻恩爱，今天又逼许郎修行！"她本想辣辣刮刮地骂他一顿，解解心头之火，一想还是先礼后兵为好，便客客气气地双手一揖，说：

"长老，我和许仙是结发夫妻，如今我已怀孕六个月，家中无人照料，看在我们夫妻面上，请放他回家……"

白娘娘好说歹说，法海总是一声不吭，头高高地昂起，站在山上。

过了半天，他指着白娘娘，恶狠狠地骂道：

“你这个孽畜，本是深山一个妖精，怎好和许仙成婚？这里是佛门圣地，怎容你胡闹？阿弥陀佛……”

小青青一听，这是什么话！气得两眼直冒金星，没容法海话讲完，抢上一步，大声骂道：

“你这个老秃驴，这里是什么佛门圣地？放着经书不念，伤天害理，拆散人家夫妻，真是狗咬老鼠——多管闲事！今日，如若不把许仙交还我姐姐，我小青青定要剁下你这颗秃驴头！”

法海气急败坏，提起袈裟，把禅杖举了举，露出真容，像豪猪一样嚎了起来：

“阿弥陀佛，你们这两条蛇精，胆敢胡言乱语、兴风作浪，可不要怪我法海！”

白娘娘肺都气炸了，她站在船头，对着东、西、南、北各方合手一拜，说道：

“各路龙王师兄，想我白娘娘和许仙真诚相爱，只因法海一直从中挑拨破坏，威逼许仙修行。今天不为别事，只求夫妻团聚，请各位师兄帮忙。”说完面对四方恭恭敬敬地叩了四个响头。

这时，只见天上乌云翻滚，狂风四起，白浪滔天，看着江水哗哗直涨；东海的水，南海的水，西海的水，北海的水，一股脑儿都往这里猛涌了。法海一看情况不妙，金山寺一下被淹了半截子。他连忙把风火袈裟披上山头，只顾他的金山寺，不顾镇江全城的黎民百姓了。

这时，有个小和尚躲在门缝里往外一张望，吓慌了神：只见东边白浪滔滔的江面上，一排排扁担大的潮虾一蹦一跳，搠起来总有丈把高，吓得他舌头伸出来缩不进去；他再朝西边白浪滔滔的江面一望，一队队的圆桌大小的龟精鳖怪，尾巴一皱，头一伸都碰到金山寺门边儿了，吓得他心里咚咚地直敲鼓；他再向南边白浪滔滔的江面一望，一个个磨盘大的蚌壳上，站着手舞刀剑的标致美貌女子，看得他目瞪口呆；他再朝北边白浪滔滔的江面一望，一团团的螃蟹八只爪子，七手八脚，横着身子直往金山寺上爬。小和尚吓得嘴里直骂法海："这个老和尚啊，无缘无故地拆散人家夫妻，太平庵不住，偏要住心焦寺。这下好了，人家找上门来了，你是身穿蓑衣来救火——引火烧自身，活该！"嘴里骂着，连滚带爬，直往后山上溜……

这时，四海的水，汇聚到一起，一浪高过一浪，如同山呼海啸，向着金山寺涌去……

讲述：李志中　韩世如

搜集整理：郭维康　康新民

选自《民间文学》

梁山伯与祝英台

（湖北）

传说，梁山伯和祝英台是我们这里的人，山伯的坟就埋在马家河边上，马家河就是马公子住的地方。

一、“扣子钉了二百多”

肖川那边有个祝家庄，祝家庄有个祝员外，祝员外有个女儿，名叫祝英台。十四岁那年，祝英台想到南学读书，就打扮成个漂亮的公子，出门上路了。在路上，她遇着了也到南学读书的梁山伯，二人结拜成弟兄。说起来，梁山伯大祝英台几岁，称为哥哥。祝英台在家里排行第九，自称九弟。从此，两个人形影不离，好得就跟一个人一样。

在学堂里，梁山伯、祝英台同铺同被褥睡一床。祝英台天天晚上睡觉总不脱衣裳。梁山伯觉得奇怪，问：“九弟咋穿着衣裳过夜？”英台说：“解不完扣子。”

“谁给你缝这种衣裳？钉这多扣子？”

祝英台笑笑说：“我家一个巧嫂嫂，扣子钉了二百多，一解解到大天亮，一扣扣到太阳落。一脱衣裳，就没工夫读书了。”

二、英 台 辞 学

往时候，都是私学，学堂里挂着孔夫子像。学生娃进进出出，都要给孔圣人行礼。师娘常常陪先生在学堂里玩，她是有心人，她看祝英台每次作揖跟别人不一样。男子有劲，腿是硬邦的；女子体弱，作揖时腿杆是软的。师娘疑心她是个姑娘。

这天，过端午节。学生给先生送节礼。先生答谢学生，按祖上传下的老规矩，也要留学生喝雄黄酒。师娘有意劝英台多喝几杯，英台醉了。师娘扶她上床，脱掉她的鞋子，解了她的裹脚，露出了三寸金莲。英台酒醒后，发现裹脚不是先前自己缠的样儿，吓了一大跳。

那时，男的和女的不能一同走路，更不能对面说话。祝英台呢，不但在男学堂读书，还和男学生一床同铺，万一张扬出去，哪还有脸见人！第二天，她就向先生请假，要回家看望父母。师娘心里明白，就在先生面前帮她说好话，让她早日动身。

祝英台在南学读书已经三年了，梁山伯听说九弟就要动身回家，赶忙帮她拿行李。二人高高兴兴出了学堂。梁山伯送祝英台，背着包袱走在前面，祝英台走在后面。

他二人边走边说话。路边人家的狗子看见生人，汪汪汪叫了起来。祝英台说："走罢一岗又一岗，路边黄狗汪汪汪；前面咬的男子汉，后面咬的女娇莲。"

山伯说："兄弟发昏了。我俩都是男的，哪有女的？管他岗不岗，汪不汪，只管你早日转回乡。"

他俩走在塘边，英台又说："上一坡，下一坡，塘里看见一群鹅。前头公鹅嘎嘎叫，后头母鹅叫哥哥。山伯哥，你等着我，等着九弟缠小脚。"

山伯说:“快赶路吧!管他白鹅不白鹅,小脚不小脚,只管我二人出南学。”

他俩走到一个山洼里,祝英台说:“上一个坡,下一个洼,洼里一地好庄稼。高的是苞谷,矮的是棉花,不高不低是芝麻。芝麻地里带西瓜,扯青藤,开黄花,结个瓜,碗口大,黑籽红瓤甜沙沙。有心摘个山伯尝,怕你吃到了滋味连根拔!”

梁山伯听不懂祝英台在胡念些什么,只催祝英台赶路。祝英台恨他太实诚了:“过罢一岭又一岭,岭上一座新堆的坟。新坟里头是墓神[①],墓神里头睡死人。我的山伯哥,你比死人还死十分。”

山伯说:“九弟呀,我俩这么好,你不该骂我。”

他俩到了河边,坐在沙滩上歇脚。祝英台对梁山伯说:“家中有个小妹妹,长的就像我祝九弟,粉白的脸,双眼皮,个子不高也不低,山伯哥哥若要娶,早日上门来说媒。”

梁山伯说:“我与九弟这样好,当然愿意和你对亲戚。等送你走了,回学堂向先生请罢假,早日上门说媒。”

祝英台听梁山伯答应到她家,心里喜欢,就说:“这太好了,你快去借根竹竿来,探探河里水哪深哪浅,我好过河。”

梁山伯转身走了,祝英台赶忙解了裹脚,三步两步蹚过河去。等梁山伯借了竹竿来,她向梁山伯喊:“谢谢你帮忙,望你早日到我家提亲。”

三、英 台 定 亲

梁山伯向先生请了假,离开南学,没有回家,独自一人到祝家庄

① 墓神:指棺材。

来了。他在祝英台家门口，正好遇着了她嫂子。他问："你家有个祝九弟吗?""我家只有祝九妹，没有祝九弟。"祝英台在绣楼上听见梁山伯说话，又女扮男装下楼来了。梁山伯一见祝英台，高兴地说："这不是祝九弟吗?"

嫂子在婆母面前言三道四："我说姑娘家不能出门，硬要女扮男装去上学堂。这下好了，现世现报，女婿找上门来了。"祝英台的妈不信，悄悄趴在雕花窗上一瞄，肺都气炸了，赶忙去找祝员外。祝员外说："家丑不可外扬，等那人走了，我自有主张。"

梁山伯刚走，祝员外就喊祝英台到后堂，说："女儿已不小了。男大当婚，女大当嫁，我已经将你许配给马秀才了。马家书香门第，有钱有势，你过去不会受罪。"祝英台说："女儿岁数还小，应该留在父母身边，过几年再找婆家吧！"

祝员外哪会允许呀！他大发脾气："今后再不准女扮男装下楼乱走，要吃要喝，丫鬟送上楼来。若不听话，叫你知道家法的厉害！"

第二天，马家就过礼了。马员外坐着轿子，马秀才骑着高头大马，一路吆吆喝喝走着，好不气派。祝员外一见客厅上摆得满是彩礼，高兴得没法说，当下就给马家定了接亲的日期。

梁山伯听说祝家有个女儿许配了马家，不知咋回事，第三天，便与媒人一起，也赶到祝家来了。

祝英台已经不敢下楼与山伯说话了，她只在绣楼窗口喊："山伯哥，你为啥这晚才来提亲？爹爹已将我许配给马家了。"说着蒙脸哭了起来。梁山伯一看，和他烧香结拜的祝九弟，原来是个黄花姑娘，就是祝九妹。他这才明白了。想起三个年头同床铺不脱衣裳，他哭起来了："九弟呀，早知你是女裙钗，我俩死在南学不回来；早知你是女裙钗，我俩死在南学不回来。"

四、英台跳坟

梁山伯回到家里，回味着祝英台在路上对他说的那些含含糊糊的影子话，恨自己太笨了，为啥就解不开那些影子话的意思。如今只能吃后悔药了。他又气又恨，又恼又怒，一下子病倒在床上。治相思病没有灵丹妙药，不几天他就死了。临断气，他交代了一句话："我的坟要埋在马家河的大路边上，我要见祝英台最后一面。"

祝英台听说梁山伯死了，整天在绣楼上啼哭。马家迎亲的大轿到了门上，她哭得死活不上轿。爹妈都来劝她。她说："要我上轿不难，必得依我两条。"

"哪两条？"

"第一，我要给梁山伯戴孝；第二，花轿到了马家河，我要下轿拜坟。"

祝员外不敢做主，就和马秀才商量。马秀才怕祝英台硬是不嫁，要给他丢丑，就勉强答应了。

祝英台头戴白花，脚踩白鞋，穿白衣，套白裙，上了花轿。花轿抬到马家河边，在梁山伯墓前落下，祝英台下轿拜坟。头一拜，天上起乌云；第二拜，地上刮怪风；第三拜，轰隆隆一个炸雷，梁山伯坟墓闪开一道宽宽的裂缝，她冷不防跳进了坟墓。马秀才急忙上前去拽，只拽回一只绣鞋，眼睁睁看着祝英台进土，再不出来了。

马秀才气哭了。他咋不气呢？马家接，马家抬，马家只落得一只鞋！方圆几十里，名声难听。当下他就用手扒。他气得不吃饭，不喝水，一个劲儿地扒。肚子饿了，他就紧紧腰带。扒呀，紧呀，腰越紧越细，头和屁股越来越大，终于晕倒在地上，变成了蚂蚁。所以，蚂蚁的腰至今还那么细。

五、梁、祝团圆

梁山伯和祝英台一辈子未成亲，他俩死后又重新投胎，来到阳世。梁山伯姓魏，叫魏奎元；祝英台姓蓝，叫蓝玉莲。两个在蓝桥上相好。只为父母阻挡，又不能成亲，蓝玉莲脱只绣鞋放在桥边，魏奎元摘下帽子挂在桥上，一男一女又双双跳河死了。到第三代，祝英台投胎是玉堂春，梁山伯投胎是王三公子。“苏三爬堂”这天晚上，两个人才算团圆了。[①]

讲述：葛朝南

采录：李征康

选自《伍家沟村民间故事集》（有删节）

---

① 传统戏曲《蓝桥会》中，男女主人公魏奎元、蓝玉莲相恋受阻，双双投水自尽。又另一传统戏曲《玉堂春》中明代名妓苏三（玉堂春）和书生王三公子（王金龙）相恋，历经磨难，在王科考发迹后终结良缘。故事讲述人受佛教轮回说影响，将相关男女主人公附会为“三世姻缘”。

白水素女（田螺姑娘）

在晋安郡的侯官（今福州市）这个地方，有一个叫谢端的小伙子。他从小就父母双亡，孤苦伶仃，由邻居抚养成人。长到十七八岁，自立门户，为人勤谨恭顺，安守本分。当初自立门户时，因单身一人，邻居都很同情他，好意劝他娶媳妇，却一时找不到合适的对象，没有办成。谢端起早睡晚、不分日夜，辛苦劳作。有一天，他在县城角落里捡到一个大田螺，形状像三升大的水壶。他觉得很稀罕，十分难得，将其看作一件宝物，带回来蓄养在坛子里。这样过了十多天。

谢端下地耕种，起早睡晚。一天，他从地里回来，只见饭菜汤水都安排齐备，好像有人进屋来帮他干过家务活。他以为是邻居热心相助，当下并没有去细心追究。后来接连好几天都是这样，他实在过意不去，便去向邻居道谢。哪知这位邻居的大嫂说道："我并没有做这样的事，怎么接受你的谢意呢？"谢端再三追问，邻居大嫂笑着说："你娶了媳妇，把她关在屋里，为什么还要到我们这里寻找帮你烧茶煮饭的人？"谢端听了，心里好生奇怪，一时弄不清其中的缘故。

后来谢端在鸡叫时就下地，早早收工，悄悄回来，站在篱笆外面偷看家里的情形。只见一个少女从坛子里走出来，手脚麻利地到灶下去烧火做饭。谢端进门后就去察看坛子里的田螺，只剩下一个螺壳了。

他便走到灶前去问那女子："小姐从哪里来，为我做饭？"那个女子见一个陌生男子突然出现在自己面前，立刻现出惊惶不安的样子，想回到坛子里去。谢端把她拦住，她才告诉谢端："我是天上银河中的白水素女，天帝同情你孤苦伶仃，又守本分，就派我暂且为你守屋做饭。十年之中使你家道富裕，娶上妻子，我便回去。可是刚才被你无故偷看，真形已现，不便再居留人间，只得离开这里。不过你只要辛勤耕作，打鱼砍柴，以此为生，日子会越过越好。螺壳留给你，用它来盛米谷，会永不空乏。"谢端听了十分懊悔，再三请求她留下，她最终没有答应。这时天空忽然风雨大作，素女在风雨中飘然离去。

谢端给素女立了一个神座，四时八节，按时祭祀。他自己虽然没有变成豪富，生活却逐渐富裕起来，娶了乡人的女儿做妻子。后来他还当上了县令。现在路旁的素女祠就是谢端留下的。

［晋］陶潜《搜神后记》

刘守华　译写

桃园三结义

（河北）

刘备、关羽和张飞要在桃园结拜为异姓兄弟。传说他们先是按年龄大小排的。开始三个人心里都想当老大，又不好意思明争，你报多大，他也随着报多大，结果三人报的出生年月日都一样。刘备说："这真是太巧了，同年同月同日生，可总不会是同时辰吧？"

关羽说："对，咱们就按生辰的早晚论大小好了！"

张飞一听这话，心想，嗯，我得抢先报个最早时辰，叫他俩没法比我再早，这大哥就是我的了。就说："俺老张是天刚刚亮的时候生的。"

关羽接着说："俺关某是公鸡刚叫的时候生的。"

刘备不紧不慢地说："我嘛，我是鼓打三更，刚过半夜的时候生的。"

张飞听他俩说罢，两眼一瞪，说："怎么，你们把后半夜都算上了！"

刘备说："半夜子时是一天的开始。"

张飞说："你俩报的生辰我不相信。"

刘备说："那你说怎么办？"

张飞说："依我说，咱们排行应该按本领，谁的本领大，谁就是大哥。”

刘备笑了笑说：“那咱们就比比看。谁能把鸡毛扔到房上去，谁就是大哥。”

张飞找来一只死鸡，拔了根鸡毛就往上扔，连扔几次都没扔上去。

关羽也拿起一根鸡毛，憋足了劲儿用力往上扔，照样扔不上去。

轮到刘备了，他提起那只死鸡轻轻一扔，就扔到房顶上去了。

张飞一看急了眼：“你扔鸡，那不算！”

刘备说：“可我把鸡毛扔上去了，你能说鸡毛没上房吗？”

张飞只好认输。但他仍不服气，又提出比上树。

刘备说：“可以，老关你看怎么样呀？”

关羽说：“那就比上树吧！”

三人来到园中一棵大树下，张飞和关羽都争着往上爬，刘备坐在树根下不动弹。

张飞噌噌噌三下两下就蹿到树尖上去了。他在树顶往下一看，关羽只上了半截，刘备还在树下，就高兴地大叫：“哈哈，这回大哥该是我的了，关羽老二……”

没等他说完，刘备开口说：“你呀，还得当老三。”

张飞火了：“你不讲理，我先上到顶了，为什么不让我当大哥？”

刘备不紧不慢地说：“我问你，树是先长根还是先长尖儿？”

张飞说：“当然先长根。”

刘备说：“这不结了，先长根，自然根为大，后长尖，自然就是尖为幼。你跑到尖上去了，还不是小弟吗？”

这下，张飞傻眼了，有心不认账，觉得办事儿只能一二，不能再三，失去了信用，不能算男子汉大丈夫，只好认输。关羽也觉得自己的智谋实在不如刘备，应该尊他为兄。

就这样，刘备当了大哥，关羽排为老二，张飞落了个三弟。三人焚香盟誓，结拜为异姓兄弟。

讲述：柳文如

采录：史　简

选自《中国民间故事集成·河北卷》

宋定伯卖鬼

南阳人宋定伯，年轻时，走夜路碰到了鬼。定伯问："谁？"鬼回答说："我是鬼啊！"鬼问："你是谁？"定伯欺骗鬼说："我也是鬼。"鬼问："你打算到哪里去？"定伯回答："我要到宛市去。"鬼说："我也要上宛市。"他们结伴走了几里路。鬼说："这样步行太累了，我们何不替换着背着走呢？"定伯答道："这是个好主意。"鬼便先背起定伯走了好几里路，累得上气不接下气，对定伯说："你真重呀，好像不是鬼吧？"定伯说："我刚死，便显得重一些罢了。"接着轮到定伯来背鬼，那鬼背在身上轻飘飘的，好像一点重量也没有。这样互相替换着背了好几次。定伯问道："我刚死，不知道鬼害怕什么，有哪些禁忌？"鬼说："只是不喜欢人吐唾沫。"他俩边说边走，前边有一条小河挡了路。定伯让鬼先蹚水过河，听不见一点声音；后来定伯自己走下河，河水在脚下哗哗作响。鬼又问："你过河为什么会发出声响？"定伯随口答道："我刚死，不习惯蹚水渡河，请不要见怪。"他们快到宛市时，定伯便把鬼顶在头上，双手把鬼的身子紧紧抓住。鬼大叫，发出咋咋的声音，手刨脚蹬地要求把它放下来。定伯全不理会，一直把它背到宛市大街之上，然后放下它，鬼立刻变成了一只肥羊。定伯把羊卖了，他怕鬼再变形逃脱，就吐了一口唾沫在鬼身上。定伯卖了一千五百钱，高高兴兴地离开宛市回家了。这件事流传开来，便生出一则民谣："定伯卖鬼，得钱'千五'。"

［魏］曹丕《列异传》

刘守华　译写

八仙闹海

（浙江）

东海渔民有个忌讳：驶船出海，船上不准坐七男一女，怕在大洋里出事。为什么会有这个忌讳？据老渔民讲，原来与八仙过海有关。

有一天，上八洞神仙吕纯阳（吕洞宾道号纯阳子），约会了倒骑毛驴的张果老、手提花篮的蓝采和、横吹洞箫的韩湘子和独脚大仙铁拐李等，一共八人，过东海蓬莱。

这八位大仙，腾云驾雾，一霎时即可到达蓬莱。可是吕纯阳偏要别出心裁，提出要乘船过海，观赏海景。张果老和铁拐李爱凑热闹，给吕纯阳帮腔，说得汉钟离也动了心。

何仙姑说话了："吕仙兄，过海观景，固然雅致。可是，何来渡船呢？"

吕纯阳指指铁拐李的拐杖，胸有成竹地说："渡船就在眼前，不劳仙姑费心。"说着，口中念念有词，拿过拐杖，往大海抛去，喝声"变"，拐杖落海，顿时变成一艘大龙船。

八仙好不欢喜，先后登船。龙船离开海岸，顺风顺水向大海漂去。

海上的景致美极了，天空湛蓝湛蓝，大海碧清碧清，波光涟漪，鱼跃鸥鸣，水天一色，无限清平，身在海上，如在画中。

吕纯阳见景生情，又出新花样了。他对张果老说："良辰美景，焉能无歌舞雅乐助兴？何况诸位仙翁，精通丝竹音律，善弄霓裳羽衣，今日一定要玩个尽兴方休。"

曹国舅云板一拍，说："妙哉高论，理该如此。"众仙纷纷应和。

韩湘子吹箫，曹国舅打响云板，张果老敲动凤阳鼓，何仙姑和蓝采和唱曲，吕纯阳舞剑，汉钟离摇着蒲扇，铁拐李捧着葫芦，一起助兴。这一来，东海可热闹啦！仙乐伴着妙喉，声震东海龙宫。不料因此惹来一场麻烦。

原来，龙宫里有条花鳞恶龙，是龙王的第七个儿子，称为"花龙太子"。这天，他闲得没事，在水晶宫外游荡，忽闻海面上有仙乐之声，便循声寻去，猛见一条雕花龙船，内坐八位仙人，其中有个妙龄女郎，桃脸杏腮，楚楚动人。花龙太子见此仙姿，魂魄俱销。他忘了师傅南极仙翁的忠告，忘了龙母的训导，想入非非，似魔似痴地迷上何仙姑了。

八仙在海上寻欢作乐，怎会想到花龙太子半路挡道。平静的海面突然掀起一个浪头，大海裂开一个缺口，雕花龙船和八大仙一齐陷了下去。

船翻身，人落水。蓝采和的一篮鲜花都倒在海里了。张果老眼尖，赶快爬上毛驴背。曹国舅心细，脚踏巧板浪里漂。韩湘子放下仙箫当坐骑。汉钟离铺开蒲扇垫脚底。铁拐李失了拐杖，幸亏抱着个宝葫芦。只有吕纯阳，毫无戒备，浑身浸在海里，泡得像只落汤鸡。

这时汉钟离慌忙查点人数，点来点去，只有七位大仙。男的俱在，独缺一个何仙姑。奇怪，这何仙姑到哪里去了呢？汉钟离掐指一算，吃了一惊：原来是花龙太子拦路抢亲，把何仙姑抢到龙宫里去了。

这一下，大仙们可动了肝火。吕纯阳拔出宝剑，暴跳如雷；蓝采和手托花篮，横眉怒目；张果老骑毛驴，撒蹄欲追；韩湘子说:“敖广龙君，家教不严，纵子行凶，竟敢欺到我八仙头上，这还得了？大仙们，快显神通吧！”

吕纯阳大声叫道:“对对！闹他个海沸宫塌，鱼哭龙泣，长一长咱上八洞神仙的威风！”

七位大仙，各携法宝，杀气腾腾，直奔龙宫。

花龙太子知道七位大仙不会善罢甘休，早在半路上伺候着。他见大仙们来势凶猛，慌忙挥舞珍珠鳖鱼旗，催动虾兵蟹将，掀起漫天大潮，向七仙淹来。吕纯阳正欲挥剑迎战，汉钟离说:“徒儿让过一旁，看为师手段！”说着，挺着个大肚子，飘飘然降落潮头，轻轻扇动蒲扇，只听“呜——呼——”，一阵狂风把万丈高的浪头和虾兵蟹将，都扇到九霄云外去了，吓得四天王连忙关了南天门。花龙太子见汉钟离破了他的法，忙把脸一抹，喝声“变”，海里突然蹿出一条巨鲸，张开闸门似的大口，前来吞食汉钟离。

汉钟离急忙扇动蒲扇，不料那巨鲸毫无惧色，嘴巴越张越大。这下，汉钟离可慌了神了。正在危急中，半空中突然传来蓝采和的喊声:“汉仙兄，你且莫慌，待我来收拾它。”说罢，顺手将花篮掷下，不偏不倚，正好套在巨鲸头上。好险啊，要不是蓝采和的花篮罩下来，汉钟离早被巨鲸吸到肚子里去了。

原来这巨鲸是花龙太子变的。这时他被花篮当头罩住，慌忙化作一条海蛇，向东逃窜。张果老拍拍叫驴，撒蹄追赶。眼看就要追上，不料叫驴被蟹精咬住脚蹄，一声狂叫把张果老掀下驴背。幸亏曹国舅眼疾手快，救起张果老，打死了蟹精。

花龙太子输红了眼，现出本相，只见五颜六色的龙鳞闪耀着，他张舞着尖利的龙爪，向大仙们猛扑过来。

七位大仙，各祭法宝，一齐围攻花龙太子。汉钟离扇动蒲扇，扇得海水沸腾；曹国舅云板一敲，虾兵蟹将七颠八倒；张果老的叫驴口喷烈火；蓝采和的花篮伏魔收妖；韩湘子的魔箫妙术无穷；吕纯阳的宝剑寒光闪耀；铁拐李挥动拐杖，搅起东海万顷波涛。

花龙太子斗不过七仙，只得向龙王求救。龙王听了后，把花龙太子痛骂一顿，连忙送出何仙姑。好话讲了一千遍，八仙还不肯罢休。龙王没办法，只好请南极仙翁出面讲和，一场风波总算平了下来。

花龙太子在仙人面前吃了败仗，便怀恨在心，每见有七男一女同船出海，便要前去寻衅，所以在民间就有了这个忌讳。

搜集整理：金　涛

原载《八仙的传说》

岳飞出世

（河南）

人都说岳飞原来是天宫的大鹏金翅雕，秦桧原来是天宫的老鳖精。

这一天，是王母娘娘的生日，各路神仙都到瑶池赴蟠桃会。会一开始，老鳖精放了个屁，大鹏金翅雕叼瞎它一只眼。这老鳖精气呀，向玉皇大帝参了一本。玉皇大帝怪大鹏金翅雕多事，罚它下凡转生。大鹏金翅雕一下凡，老鳖精也跟着撵了下来，要报叼瞎眼的仇。

大鹏金翅雕下到凡间，投生在汤阴岳员外家里。这个岳员外年近半百，夫人才怀上头胎，已经是十个月了。这天，他家院里飞来一只大雕，旋了几圈儿不见了。就在这会儿，夫人生下个男孩儿。因为这孩子降生时，院里飞来过大雕，岳员外就给儿子取名岳飞，字鹏举。

岳飞一来到世上就哭，咋也哄不住，直哭得天昏地暗，全家人没一点办法。这时候，街上来个老道，岳员外就把他请到家里，给儿子看病。老道抱起岳飞看了看，从身上掏出三道符，递给岳员外说："这里要发大水了。等大水一来，你把这三道符，一张贴在孩子的肚皮上，一张贴在夫人的怀里，一张贴在院子里的瓮上；再让他们母子坐在瓮里，就可保平安了。"老道说罢，转眼就不见了。岳员外知道遇到了神仙，忙对天磕头。

不多时，只听村子里乱哄哄的，人们惊叫着："洪水来啦！"岳员外赶忙把三道符贴好，让夫人抱着岳飞坐进瓮里。洪水进了院子，那瓮就漂了起来。岳员外扒着瓮沿儿，向东漂去。正漂着走哩，岳员外被啥咬了一口，一松手，掉进水里淹死了。咬员外的东西，就是那个老鳖精。它本想弄翻瓮，淹死岳飞，可有那三道符镇着，不敢近前，就咬岳员外出气。没把岳飞害死，老鳖精就转生成了秦桧。

岳飞母子漂来漂去，漂到内黄县得了救，在麒麟村住了下来。岳飞长大，拜周侗为师，习文练武，成了抗金英雄。秦桧呢，长大成了卖国奸臣，处处和岳飞作对。他们的仇气就是先前结下的。

再说秦桧的老婆王氏，原来是天上的蝙蝠精。有一天，大鹏金翅雕正和几位朋友吃东西哩，蝙蝠精拉了他们一桌子屎。大鹏金翅雕上去把它的翅膀叼折了。蝙蝠精就下凡转生成了王氏，嫁给了奸臣秦桧。这两个坏东西，设计把岳飞害死在风波亭上。

讲述：袁东相

采录：王朝军

选自《中国民间故事集成·河南卷》

十二生肖的来历

（山东）

玉皇大帝这天正上朝，外头来了老虎、龙和凤凰，“扑通”跪倒说：“玉皇大帝，俺有冤枉！”“什么冤枉？你三个，一个是山中王，一个是水中王，一个是百鸟王，又争地盘了吧？”“不是的！下边的人光要伤害俺，俺想叫你管管他！”玉皇大帝说：“好吧。你们各人回去通知你那伙，明天一早在南天门等着，到五更天，我喊‘进来’就进来。谁先跑到我的龙案前，我就选谁，总共选十个，作为人的生肖属相。往后人想到自己的属相，就不会伤害你们了。别的我不管，谁跑得快就选谁，你有喊落下的也甭怪我。这么样好吧？”“好。”“行吧？”“行！”“要行你们就走，各人通知你那伙去吧！”它们三个就回去了。

老虎回来吆吆喝喝喊他那一伙。喊了一遍，就落下谁呢？就落下了老鼠，在地下打洞没听着。老鼠打完洞出来，一见猫正在洗脸，就说：“哟，猫姐姐洗脸上哪儿去？走亲戚还是串门子？”“我也不走亲戚，我也不串门子，明天有大喜事，你还不知道？”“什么大喜事？”猫把怎去怎来朝老鼠说了一遍。老鼠可喜极了，说：“我也去，咱一块去！”猫说：“咱一块去你可得那个——我好睡懒觉，我要睡着了，你可甭把我忘了，甭漏下我！”老鼠说：“你看看，你把这样的事都朝我说了，我哪能忘了你，我能不要良心吗？你放心吧，大胆地睡，到时我保证叫你！”猫一听就睡觉了。三更天小老鼠就出来了，老鼠心里话：“我叫你？你这个溜练[①]劲，跑得又快，好事哪里还轮得到我？”老鼠就走了。

老鼠一来到南天门，见飞鸟走兽都到齐了，就它来得晚。你看哟，嘁嚓胡闹，你拥我挤的。玉皇大帝在里头喊呼："你们嘁嚓胡闹作什么？到五更天才喊你们！”咯噔一下子，鸦雀无声，都瞪着眼，竖着个耳朵听。

玉皇大帝看着快到五更天了，就说："太白金星，找块砚研黑墨，拿张纸来，我说一个你写上一个。”太白金星把墨研得好好的，毛笔举得高高的，又拿张纸铺好，就等着上名了。到了五更天，玉皇大帝说："你们都来吧！”喊了这一声，可了不得了；就看着你拽它的头撸过去，它撸它的尾巴撸过去，它揪它的毛撸过去……拧成一个绳子蛋。老鼠蹲旁边一想："数我力气小，挤不进去，我看从它们腿裆里钻进去吧！”老鼠从腿裆里吐噜一下钻进去了。玉皇大帝说："老鼠来了。”太白金星就上了个老鼠。

牛呢，看着老鼠进去了，心想："凭它那么点，它都钻进去了，你看我这膀子力气还没进去！”牛气得眼瞪着，哞哞地喘粗气，这边豁一角，那边豁一角，哞地一下子进去了。玉皇大帝说："进来个牛！”太白金星又上了牛。

老虎一看，心想："它们都进去了，我还没进去呢，我这膀子力气也不比牛差！”老虎想想，忙一纵，从人家头顶上蹿过去了。玉皇大帝说："来只虎！”这就上了虎。

小兔又听着，心想："娘，我这份子身量，要凭挤，我能挤过谁？我得像老鼠一样，从人家腿裆底下钻。”小兔想想，吐噜一下钻过去了。玉皇大帝说："来了个小兔。”太白金星又上了兔。

龙一看，心想："无能的都进去了，哪一个也比不上我，我摇头摆尾能腾空。”龙一腾空就过去了。玉皇大帝说："龙！”太白金星又上个龙。

小长虫呢，心里猜析着："我忒小能挤过谁？你看我跟一条线一

① 溜练：方言，灵活的意思。

样，从腿缝里钻过去吧！”小长虫就从腿缝里钻进去了。玉皇大帝说：“蛇！”太白金星又上了蛇。

马一看，心想：“过去的不少了，我再不使劲挤，就怕过不去了！”马一扬蹄子，腾地一下过去了。玉皇大帝说：“马来了！”太白金星又上了一个马。

羊心里猜析着：“你看闪着我还没进去，我头上有角，身量可小。我不如上边用角抵，下边钻缝子。”羊连角抵带钻也进去了，玉皇大帝叫太白金星把羊也上上了。

小猴看人家都钻过去了，就扒着这个头皮，揪着那个耳朵，从人家头顶爬过去了。玉皇大帝说：“猴。”太白金星又上了个猴。

小鸡一看都过去了，心想：“一会儿够了数字就不要了，我怎么也得想办法过去呀？”小鸡一扇翅子呢，也飞过去了。玉皇大帝说：“飞来了鸡！”太白金星忙上了鸡。

玉皇大帝一望够了，就说：“够啦！够啦！”太白金星听错了，当他说的是“狗哇狗哇”，就又上了个狗。

玉皇大帝说：“足啦！足啦！”太白金星又听成猪呀猪呀，他又上了猪。玉皇大帝一转脸，一把把他的纸夺过来：“你看我说够了你还上！”一数上了十二，“十二就十二吧！”就打那时起，人间有了十二生肖了。

小老鼠考了个头名，很高兴地回到家，一看小猫正洗脸。猫说：“咱还不该走吗？”“人家都考完了，还走！”“那你怎没喊我呢？”“我要喊你，头名还到得了我手吗？”猫听了越想越有气，越猜析越有气，啊嗡一口，把老鼠吃了。自打那时起，猫就跟老鼠记下仇，见了老鼠就吃。

讲述：王玉兰

搜集整理：王成君

选自《四老人故事集》

青稞种子的来历

（四川·藏族）

几千年以前，隔娄若很远的地方有一个布拉国。布拉国的地盘很广，人也很多。在这个国家里，人们吃的是牛羊肉，喝的是牛羊奶，只有国王的宫殿里才有一些果树，也只有国王和他的大臣们才能吃上一点水果。

国王的儿子叫阿初，是一个聪明、勇敢、善良的青年王子。他听说山神日乌达[①]那里有粮食种子，把这些种子撒在地里就能长出又香又好吃的粮食来。他想让全国的人都吃上粮食，就打算到日乌达那里去要种子。

阿初王子把他的想法告诉了他的爸爸妈妈。国王和王后想到，到山神日乌达那里去，要走九千里路，要翻九十九座大山，要过九十九条大河[②]，怕他们唯一的儿子在路上出岔子，就劝阿初不要去。不管国王和王后怎样劝，阿初都不听，一心要去把种子找回来。国王和王后没法，只好选了二十个武士陪着阿初王子一起去找日乌达。

就在第二天，阿初王子带着二十个威风凛凛的武士，人人拿着长矛，别着腰刀，骑着骏马出发了。

---

① 日乌达：嘉戎语的“菩萨”，这里是指山神菩萨。

② 九十九座山、九十九条河，是指山与河多的意思。藏族群众习惯把最多的数字说成九十九。

翻过一座大山，又是一座大山；过了一条大河，又是一条大河。阿初王子身边的武士，一个接着一个地死去了。有的是被一路上的野人杀死的，有的是被毒蛇和猛兽咬死的。翻过九十八座大山，过了九十八条大河，就只剩下了阿初王子一人一马了。

阿初王子牵着他的马，一步一跌地爬上了第九十九座大山。快到山顶时，突然刮起了狂风，天上降下了暴雨。阿初只好偎依着他心爱的马，躲进一个岩窝里。暴风雨一过，阿初牵着马上了山顶。真奇怪！山顶上一点也不像下过暴雨的样子，太阳正红火；在一棵高大的罗汉松下面，坐着一位老妈妈，她正拿着线锤在吊毛线。阿初走上前去，向老妈妈行礼，问老妈妈日乌达住在什么地方，怎样才能找到日乌达。老妈妈把阿初打量了一番。阿初把他的身世和来意告诉老妈妈后，老妈妈才说："要找日乌达很容易。翻过这架山，过了山下的大河，沿着河岸往上走。河的尽头有一个大瀑布，在那里，你只要高声喊三次日乌达的名字，日乌达就会出来见你。"原来这个老妈妈就是地母，她是被阿初的诚意感动了，特意来给阿初指路的。阿初正要向老妈妈道谢，老妈妈已经不见了。

在第九十九条河的尽头，阿初看到了从高高山顶上倾泻下来的瀑布，哗啦啦的大水流个不停。对着瀑布，阿初恭恭敬敬地行礼，接连喊道："尊敬的神——日乌达，请您出来吧，我有一件事求您帮忙！"刚喊完第三遍，一个像高山一样高大的老人从瀑布中现出来，老人雪白的胡子跟瀑布一样从山顶拖到河水中。这个巨大的老人，就是阿初王子求见的日乌达。

"是哪一个叫我？"老人低下头发现了阿初，就说，"哦，哦，是你！你是哪里来的？找我做啥？"

"尊敬的山神，是我找您。我是布拉国的王子，听说您这里有很多粮食种子，我求您给我一点，让我带回去，让我们邻里的人都能吃到粮食。”阿初说完，又向老人行了一个礼。

“什么？粮食种子！”老人想了想，突然哈哈大笑起来，笑得大山弯腰，河水断流。他说：“小王子，你弄错了！我这哪有什么种子？只有蛇王喀不勒①那里才种庄稼，在他那里才有粮食种子。”

阿初着急了，接连问日乌达蛇王住在哪里，怎样才能向蛇王要到种子。日乌达笑着对阿初说：“蛇王住的地方隔这里不算远，骑着快马只消七天七夜就可以走拢，只怕你不敢到他那儿去。蛇王很凶狠也很吝啬，他从来不愿把粮食给世上的人，以前许多到他那儿去的人，都被他罚成狗吃掉了。你去，也会被他罚成狗，被他吃掉的。你害怕不？”

阿初说：“我不怕。只要能得到粮食种子，我什么也不怕。”

日乌达看阿初很坚定，是一个聪明、勇敢的小伙子，就详细地告诉了他到蛇王那里去的路，并叮咛阿初说：“要想得到粮食种子，只有到蛇王那里去偷。秋天蛇王收了庄稼以后，就把粮食装进口袋，放在他的宝座下面，周围都有卫士守着。但是，每逢戌日②太阳当顶时，蛇王就要到山顶海子边去拜访龙王，虽然他来去只要一炷香那么久，但他的卫士都要趁这个时候打瞌睡。这一炷香的时间，就是去偷他的粮食种子的好时机。”说着，日乌达从怀里掏出一颗像黄豆样的东西交给阿初，说：“我老了，不能更多地帮助你。这里送你一颗‘风珠’，在万不得已时，你把它含在口里，它会帮助你跑得像风一样快。”

阿初向日乌达道谢。日乌达最后嘱咐说：“万一你不幸被蛇王变成了狗，你要赶快往东跑，等你得到一个姑娘的真正的爱时，你再

① 喀不勒：嘉戎语的“蛇”，这里说成是蛇王的名字。

② 戌日是四土藏族群众敬神的日子。

回国去，那时你就会重新变成人。去吧！小伙子，我祝你碰到一个好运气。”

阿初骑着马在路上慢慢地走，走两天就要歇一天，从夏天一直走到了秋天。离开日乌达那里时，他很瘦很弱；这时，他却长得非常健壮了。

到了蛇王管的地面，蛇王刚刚收完地里的庄稼。一望无边的田野里，只剩下高高矮矮的禾桩，周围一户人家都没有。阿初知道蛇王是住在很远很远的高山上，就赶着马奔向那座大山去。

阿初一到蛇王住的那座山脚下，翻身下马，取下了马背上的干粮袋，放开缰绳，让马先跑回布拉国去。他背起干粮袋，不敢对直爬上蛇王住的那座山，而是爬上了靠近蛇王洞府的另一座大山。到了山上，阿初选了一个正对蛇王洞府的岩窝住下来。这个岩窝和蛇王的山洞隔着一条很宽很深的山沟。他用干草和树枝铺好了岩窝，睡在岩窝里就可以看见蛇王洞门口的一切。

一个逢戌的中午，阿初正在岩窝里打盹，突然听到一阵清脆的铃声。他抬头一看，原来是蛇王带着他的卫士，正沿着洞门口的大路朝山上走去。蛇王很高大，穿着有鳞甲的袍子，袍子的边上挂着许许多多小银铃。他知道蛇王是到山顶海子去的，就赶紧爬出岩窝，梭下山沟，朝蛇王的洞府门爬去。果然，守洞的卫士这时都睡着了。阿初快要爬到蛇王的洞门口时，突然铃声响了，洞门口的卫士都翻身爬了起来。阿初知道是一炷香的时间过去了，蛇王从海子回来了，他吓得躲在大路边的草堆中，一动也不敢动。

等蛇王进了洞府，阿初才悄悄地离开草堆，这次他不但没有偷到粮食种子，连洞门也没有进成。他垂头丧气地回到自己的岩窝里，自己生自己的气。过了好一阵，他的脸上才露出笑容。原来他想到了一个好主意，就是在这边山的大树上拴根绳子，吊在绳子上就可以一下荡到对山的山腰，免得爬来爬去耽搁时间。于是，他把他的牟衫[①]脱了两件下来，撕成了一根根的，然后又慢慢地编成牟绳。

又是一个戌日的中午，蛇王带着两个卫士离开了山洞，朝山顶的海子走去。趁这个时候，阿初爬到了面对着蛇王洞的那棵大树下，敏捷地爬上大树，在大树伸向山沟的一根粗枝上拴好了牟绳。接着，他顺着牟绳往下滑，滑到牟绳的尖端时，他用力一荡，一下就荡到了蛇王的洞门前。阿初轻足轻手地绕过睡着了的卫士，走进了蛇王洞。

洞里漆黑漆黑的。阿初摸着洞壁，拐了几个大弯，走进了蛇王的大殿。这里，长明灯照得大殿亮堂堂的；大殿深处有一个台子，台子上有一把金圈椅。台子上有群睡着了的卫士；台子前面也有一排睡着了的卫士。蛇王的粮食，就一袋一袋地堆在台子下面。阿初悄悄地走拢去，越过两个睡着了的卫士的肩头，钻到了台子下面。

在台子下面，阿初顺手打开了一袋粮食，一把一把地抓进肩上脖子上挂的口袋里。口袋装满了，他还抓了一把在手里。于是，他又越过那两个卫士的肩头，走出大殿。就在大殿的长明灯下，阿初看见了他手里抓的粮食，都是黄澄澄的小籽粒，这就是宝贵的青稞。

阿初刚摸出洞门，兴奋使得他忘记了小心，一脚踢在洞口的卫士身上。两个卫士翻身跳起，两支长矛拦断了阿初的路。阿初赶紧把手中的青稞籽向两个卫士撒去，趁两个卫士退后一步揉眼睛的时候，阿初抽出了斯夹巴[②]，一挥手就砍倒一个卫士。他正要砍另一个卫士，洞里的卫士们听到惨叫声，一窝蜂似的赶出来围住了阿初。阿初砍死几

① 牟衫：用牛毛捻线织成的衣服；牛毛搓的绳子就叫牟绳。

② 斯夹巴：嘉戎语的“腰刀”，是藏族群众护身的武器，像汉人的宝剑。

个卫士，拔腿就跑。殊不知一时心慌，跑错了路，一头碰在刚从海子回来的蛇王身上，撞得蛇王坐倒在地上。

前面是蛇王，背后是蛇王的卫士们，阿初只好一面横着向山沟里跳，一面把日乌达给他的“风珠”含在口里。正在这时，蛇王哈哈一笑，伸手指向阿初，突然天空响起雷声，闪着电火。一声雷，一阵闪电，都像击在阿初身上，阿初就在雷电交加中变成了一只黄毛狗。

阿初怔了一下，想起了日乌达的吩咐，赶快朝东跑。说也奇怪，他像长了翅膀一样，一下就飞过了山沟，越过了几座大山。他的身后响了几阵雷，闪了几次电光，但雷和闪电都没有追上他。

第二年的春天，被蛇王变成了黄毛狗的阿初王子，沿着一条大河走到了娄若这个地方。娄若，也是一个不出庄稼的地方，除了土司官寨附近有些果木外，满山遍野都是青草，到处放牧着牛羊。一到这个地方，阿初就听人们说：这里的土司叫肯乓，他有三个漂亮的女儿，大女儿叫泽躺，二女儿叫哈木错，三女儿叫俄满。三姐妹中，要数俄满长得最漂亮，她比她的两个姐姐都聪明，心地也最善良。俄满爱一切善良的人，爱花爱草，也爱狗、猫、雀鸟等一切动物。阿初想到日乌达的话，他认为只有俄满才是能救他的人，就决定去找俄满，把他的青稞种子和爱，送给美丽善良的俄满。

阿初在土司官寨附近徘徊了好几天。一天，正当俄满在官寨背后草坪上摘花的时候，阿初跑上前去咬住了她的裙子直摆尾巴。俄满看见是一只可爱的黄狗，就跪下来抚摩狗的头，不住地赞叹。阿初王子，虽然被蛇王变成了狗，却仍然和过去一样聪明，美丽的眼睛能够表达他的心意。他的两只泪汪汪的眼睛望着俄满，汪汪汪地叫个不停，边叫边用一只爪子比画，拨动他脖子上挂着的粮食口袋。

俄满只以为这只狗是要她把口袋取下来。她轻轻地从阿初的脖子上取下口袋，并打开了它。口袋里黄澄澄的青稞种子，使俄满惊得呆了。她不知道这是从哪儿来的，也不知道有什么用处。阿初抓了抓她的衣裙，又用两只前爪在地上刨了一个小坑，比画着要她把这一粒粒像黄金一样的东西丢在坑里。

俄满懂得了。阿初不停地刨坑，俄满就把青稞种子撒在坑里。一袋青稞种子撒完了，俄满累得一身汗，阿初一身也是湿漉漉的。

善良的俄满，喜欢这只给她带来像黄金一样种子的狗，更喜欢这只能用眼睛说话的狗。她把地里种下的青稞当成宝贝，更把阿初当成她的宝贝。她让阿初跟她住在一起，不论到哪儿去，她都把阿初带在身边。

青稞，是阿初用性命换来的。阿初天天要去看青稞，俄满也天天跟着去看。他们看着青稞发芽、出苗、吐穗……

秋天，各种果子成熟了，牛羊也肥了。肯乓土司的三个女儿也该出嫁了。

一个有月亮的晚上，土司在官寨前面的大草坪上举办了一个盛大的锅庄晚会。土司一家人都在草坪上，附近所有的有钱人和他们的太太、少爷、小姐都来了。土司举办这个晚会，一来是庆祝一年的好收成，二来是给他的三个女儿选女婿。在草坪上的，除了土司一家人和那些有钱的老爷、太太、少爷、小姐外，别的什么人也没有。只有阿初是例外，因为他是俄满心爱的狗，俄满能去的地方，他也能去。

草坪上，人们唱了一支又一支的山歌，跳了一次又一次的锅庄。俄满跳锅庄，阿初也跟在她身后跳；俄满不跳了，阿初就偎依在她身边。

唱了几遍山歌，跳了几圈锅庄，喝过了奶茶。不熟悉的人都熟悉了，从未交谈过的人也彼此认识了。就在这个时候，土司的三个女儿，怀里抱着果子，跳起了最好的锅庄，这是她们在挑选女婿了[①]。年轻的少爷们就在草坪中间坐了一个大圆圈，把她们姐妹三个包围起来。

姐妹三人跳完第一圈锅庄，大姐泽躺就选到了她的丈夫——附近一个部落的土官的儿子。她把怀里的果子全给了他，他们并肩跳着锅庄到土司肯乓面前去了。

跳完第二圈锅庄，二姐哈木错也找到了她的心上人——附近一个地方的少土司（土司的继承人）。哈木错也照老规矩，把她怀里的果子给了少土司，他们一起跳着舞到了肯乓土司的面前。

俄满接连跳完了三圈锅庄都没有选出她心爱的人。不是草坪上的年轻人没有钱，也不是这些年轻的人长得不漂亮，在俄满看来，这些人身上总像缺少一些说不出来的东西，所以他们中一个也没有被俄满选上。

俄满的美丽、善良和聪明，是所有的人都知道的，漂亮的小伙子们都想娶她做妻子。他们看见俄满连跳了三圈锅庄都没有选中他们中的任何一个，开始悄悄地议论了："俄满究竟要选什么样的人做丈夫呢？"

俄满跳第四圈锅庄的时候，突然看见了她心爱的狗——阿初，泪汪汪地坐在人群中。俄满心里一动，情不自禁地跳着锅庄到了阿初的身旁。她从来没有想过她会选狗做丈夫，她只是爱她的狗，舍不得离开她的会用眼睛说话的狗。偏偏有那么凑巧，她刚跳到狗的身旁就滑倒在狗身上，抱在怀里的果子也掉进了狗的怀里。她又羞又气，埋怨自己为什么会在这个时候跌倒在狗身上，更恨自己会在这个时候把果子掉进狗怀里。

周围的人，特别是那些年轻人，一看见俄满当众出丑，立刻哄堂

① 四川藏族姑娘选女婿的古老习惯，就是怀抱果子跳锅庄，选上了谁，就把果子给谁。

大笑起来，他们嘲笑俄满是爱上了狗，嘲笑俄满是选了狗做丈夫。

肯乓土司是个最爱面子的人。他见人们嘲笑俄满，非常生气，认为俄满当众丢了他的脸，不配做他的女儿；俄满的两个姐姐也不同情俄满，甚至同外人一起嘲笑自己的妹妹。土司指着俄满大骂，要俄满永远离开官寨。他说："既然你爱狗，当众选了狗做丈夫，那你就跟着你的狗丈夫走吧，永远不要再进我的官寨！"

俄满的眼泪像珍珠一样成串地淌，边哭边朝青稞地里走去，黄狗就跟在她身后。

地里的青稞穗子黄熟了，不住地点头招呼俄满和她的狗。俄满抱着狗在地里痛哭，哭得非常伤心。

"聪明美丽的姑娘，你不要再难过了。"俄满怀里的狗突然开腔说话了。俄满很惊诧，立刻不哭了，抽抽噎噎地看着这只会说话的狗。

"你不要难过，也不要害怕。我是人，我不是狗。"

"你是人？为啥你又会变成这个样子呢？"俄满很害怕地放开了怀中的狗，她很不相信这只狗会是人。

阿初叹了一口气，说道："你知道布拉国吗？我就是布拉国的王子。我们那里的人，从来没有吃过粮食。我想让我们那里的人吃到粮食，就到蛇王喀不勒那里去偷，刚偷这么一些青稞种子出来，就碰上蛇王，被他用把戏变成了这个样子了。不过，我还是可以再变成人的。"

俄满看了看地里已经成熟的青稞，又看了看站在她面前的狗，就好像一个年轻英俊的王子站在她的身边一样。她又把狗拉进她的怀里，抱得很紧很紧。她眼眶里还挂着泪花，嘴角上却露出了笑容。她真诚而热情地对阿初说："要是你变成了人，那该有多好啊！不但我不会再被人嘲笑，而且，我们会生活得非常幸福。可是，你什么时候才能变成人呢？”

阿初回答说：“在我到蛇王那里去以前，我曾经找过日乌达。他告诉我，万一不幸被蛇王变成了狗，就必须在得到一个姑娘真诚的爱的时候，才会重新变成人。”

俄满说：“我爱你，我是真正地爱你，你为啥还不变成人呢？只要你能变成人，你要我做啥，我就做啥。”

“假如你是真诚地爱我，第一，你赶快把这些熟了的青稞收集起来，缝一个小口袋装起，并把口袋挂在我的脖子上；第二，我马上要回布拉国去，在回国的路上，我会沿路撒下青稞种子，你跟着我撒的青稞走，走到看不见青稞的时候，你就会看见我重新变成人。”阿初说完，就望着俄满的眼睛，等待俄满的回答。

俄满默默地点了点头，什么也没有说，就站起身来，动手收集那些成熟了的青稞。接着，她撕下一块围裙布，缝成了一个小口袋，把青稞装进去，并挂在阿初的脖子上。她要求跟阿初一起走，阿初不肯，说：“从现在起，我不能再像这样子跟你在一起，不愿意让你再看见我这个难看的样子。你爱我，就跟着我撒下的青稞走吧！”

俄满抱着阿初亲了又亲，她和阿初的眼里，都滚出了成串的泪花。突然，阿初挣开俄满的双手，朝着河边跑去。

阿初脖子上挂着青稞口袋，正在路上走着。其实哪里有路啊！他走的全是荒野。每走一步他都要停一下，用四只爪子刨松土地，撒下青稞种子。饿了，就吃几个荒地上长的野果；渴了，就喝一点溪沟里的清水。

在阿初身后很远很远的地方，俄满也正在路上走着。刚上路的时候，她看见地上是刚撒下的青稞种子，后来，她看见了青稞芽子，青稞苗子，甚至看见了出穗的青稞；刚上路的时候，她吃的是自己背的干粮，慢慢地，她背的干粮吃完了，只好和阿初一样，饿了就吃野果，渴了就喝溪水。她很想看见阿初，可是怎么也赶不上，怎么也看不见。

俄满不知道在路上走了多久，也许是半年，也许比一年还长。一直走到青稞成熟，树叶枯黄的时候，她才看见远远的地方有一座城，有许许多多高大的楼房。虽然她受尽了风霜雨雪，吃了很多很多的苦，但在她的心里和脸上却充满了喜悦，因为她快到她心爱的人的国土了。虽然她的靴子走烂了，脚走破了，衣服被荆棘扯成了巾巾，一身沾满了尘土，但她的心和脸仍旧和从前一样漂亮……

俄满走近了布拉国，走进了布拉国的都城。这里，除了漂亮的楼房、美丽的花木外，早已看不见青稞了。她逢人就打听，问了好几个人，才知道她心爱的黄狗，早已跑到王宫里去了。她顺着大街，朝王宫走去。王宫，坐落在都城的中心，高大而雄伟，四面八方都是花木，活像一座大花园。俄满刚走进花园，她的心爱的狗跑来了。她伸出双手要去抱狗，而狗却站住了。就在狗站的地方，轰地冒起了一阵白色的浓烟。阿初王子从浓烟中走出来，狗不见了。俄满和阿初拥抱在一起。勇敢的阿初王子，仍旧和过去一样年轻、英俊。

阿初王子带着俄满，一同去拜见了他的爸爸妈妈——布拉国的国王和王后。国王和王后高兴得流出了眼泪。国王和王后爱他们的儿子，也爱善良、美丽、忠贞的俄满。

就在俄满走进布拉国都城的那天晚上，阿初王子和她结婚了。在举行婚礼的时候，参加婚礼的人很多，有布拉国的国王、王后和大臣们，还有很多很多的老百姓。那些老百姓，在婚礼中，编了一支又一支的歌儿，感谢为他们找回青稞种子的勇敢而贤良的阿初王子，赞美聪明美丽而又忠贞的俄满。

自从阿初王子和俄满离开娄若以后，从娄若到布拉国的几千里地面上都长出了青稞，几千里地面上的人都吃上了用青稞磨面做成的糌粑。许多人只看见是一只黄狗撒下的青稞种子，长出了像黄金一样的粮食，却不知道这只黄狗就是阿初王子，都以为是神可怜他们，派神狗给他们送的粮食种子来。因此，为了感谢神，感谢给他们送来青稞种子的神狗，他们在每年收完青稞，吃新青稞面做的糌粑时，都要先捏一团糌粑喂狗。一直到今天，从来没有人改变过这个规矩。

搜集整理：帕　金

选自贾芝、孙剑冰编《中国民间故事选》

黄　鹤　楼

（湖北）

武昌蛇山，古时候叫“黄鹄山”。山头有家姓辛的老夫妻，无儿无女，开了一座小酒铺卖点酒菜为生。老两口做生意公道，酒菜好，再加上这里景色优美，招来蛮多顾客。

有一天来了一个道人，喝了酒没有把钱就走了，这老两口也没有向他要；以后这位道人不断线地来喝酒，吃完喝完嘴巴一抹就走，连个谢字也不说。老两口心里想：出家人嘛，到哪里不是化缘吃饭呢？生意还兴旺，也不缺他那几个酒钱，就不计较，还是把他当客人一样热情款待。一日三，三日九，转眼到了秋天。这天道士又来喝酒，一边喝一边剥橘子吃，吃完拿起剥下来的橘子皮，在酒铺的粉墙上画了一只飞舞的仙鹤，黄灿灿的，蛮好看。道士对老两口说：“我就要到远方去云游了，你们老两口对我的盛情款待，我感激不尽。出家人没有好东西报答你们，我画了一只仙鹤在墙上，喝酒的客人来，你们只要拍拍手，它就会飞下来跳舞助兴；从今天起你们也不用熬更守夜自己做酒了，屋后那口井的水，打起来就是好酒。”说完就辞别出门，飘然而去。辛氏老两口听了这番话又惊又喜，又半信半疑，就赶忙试个真假。把手轻轻拍两下，眨个眼那黄色的仙鹤真的从墙上飞下来翩翩起舞咧！再跑到屋后去打井水，果然酒香扑鼻，喝到口里甘绵醉人，喜得老两口望着天拜了又拜。

从这以后，辛氏夫妻就以井水代酒，引仙鹤跳舞招待顾客。人们一传十、十传百，到这里喝酒和观赏黄鹤跳舞的人越来越多，老两口的生意也就越做越发旺了。过了年把，道人云游回来，又来饮酒。老两口见了恩人，格外热情款待。道人一边喝酒一边问他们生意好不好，辛爹爹回答："多承您的关照，生意蛮兴旺。我们老来有靠，不晓得该怎么样感谢你哩！"辛婆婆人心不足，就说："好倒是好，就是喂的猪没有糟吃。"道士一听，放下酒杯长叹了一声，口里念了四句话：

天高不算高，
人心第一高，
井水当酒卖，
还嫌猪无糟。

他站起来，抽出随身带的铁笛吹了几声，黄鹤从墙上飞下来，伏在道士面前，道士跨上黄鹤腾空而去。从此，屋后的井水也不再是酒了。老两口十分后悔。悔也悔不转来了，他们就把赚的钱建了一座飞檐翘角的高楼，取名叫"黄鹤楼"，来纪念这段奇遇，表达自己的悔过之心，所以人们又叫它"辛氏楼"。

整理：蓝　蔚

选自《中国民间故事集成·湖北卷》

刘三姐唱歌得坐鲤鱼岩

（广西·壮族）

刘三姐原住罗城县，搬家到相邻的宜州下枧河畔中枧村。父亲早年去世，三姐跟着哥哥刘二耕田砍柴。

三姐聪明伶俐，从小学会绩麻，爱唱山歌，是个天才歌手。她不论上山砍柴，下地做工，或到河边挑水洗衣，总是歌不离口。后生们听到她的歌声，赶来对唱，可是方圆百里没有一个能唱赢她。

三姐跟着哥哥农忙在田地耕耘，农闲夜间绩麻，白天上山砍柴，挑到附近圩上卖，买回油盐，清贫日子也还过得安稳。

三姐每天上山砍柴，把扁担插在崖边，把茶罐挂在树上，攀上崖边的葡萄藤和后生们对唱山歌。刘二怕唱歌耽误活路，劝三姐不要唱。三姐俏皮地回答道："二哥，你不要着急，我唱山歌不误工，不信等下看看哪个砍的柴多。"刘二心想，自己是砍柴能手，三妹不唱歌，已比不过，再唱歌耽误就不用讲了。谁知当天晌午后，兄妹两人挑柴到圩上过秤一称，刘二砍的柴比三姐的少了十多斤。

为了阻止三姐唱歌，刘二又出新主意。一天，兄妹二人上山开荒。刘二对三姐说："今天我们比锄地，你若锄得比我少，以后不准你唱歌。"三姐点头答应，两人同时开工，各开一块荒地。两人你追我赶，两把银锄飞舞，锄到日头偏西，三姐把刘二甩在后头。刘二正着急，这时山那边传来歌声，三姐放下锄头去对歌。刘二暗喜，想趁这个时机赶上去。他拼命地锄呀锄呀，赶到日头落山才收工，收工后一量，三姐锄的地比刘二的多。

刘二两次败阵仍不服气，要和三姐再次较量。他划定两块同样大的田，各插一块秧，看谁插得又快又匀。刘二天蒙蒙亮就下田。他狠命地插呀插呀，插秧快如鸡啄米。他日头正中插了大半块田，掉头一望，三妹的田还空着，心想这次一定赢了，坐在田基上，要休息抽烟。这时三姐边唱歌边走过来。刘二大声说道："三妹呀，这回你骑马也赶不上我了。"三姐笑着答道："二哥，等下才见高低。"刘二一袋烟未抽完，又赶忙插田。三姐不慌不忙捧起秧苗围着田周围插一圈，不多久整块田都插满秧苗，蔸蔸匀称，行行笔直，像打墨线一样。三姐的田插完了，刘二还有一角田空着。

连连三次败阵，刘二再不敢以误工来阻止她唱歌了。三姐越唱歌越多，名声越传越远。

一天，三姐到下枧河边洗衣，见河里开来一条船，船上有三个广东秀才，特地远道来跟三姐对歌。三姐唱道：

三秀才，
问你船来是路来？
船来摇断几把桨？
路来穿烂几双鞋？

三位秀才听了交头接耳商议片刻，答道：

细妹崽，
我是船来路也来。
我坐帆船不用桨；

我骑白马不烂鞋。

双方互通姓名，三秀才知道这唱歌的姑娘就是刘三姐，果然名不虚传。三姐听说三秀才一个姓陶，一个姓李，一个姓罗，便又唱道：

姓陶不见桃结果，
姓李不见李花开，
姓罗不闻锣声响，
远路客人哪里来？

三个秀才你望我，我望你，抓抓头，捋捋胡须，一个也想不出怎样对歌，慌忙进船舱翻看歌书，翻完满船歌书仍然对不上，只得掉转船头溜走。从此三姐的美名传遍两广。

慕名前来和三姐对歌的人越来越多，家里的活路挨阻误。有时三姐去河边挑水，放下水桶和别人对歌，误了煮饭做菜。刘二火了，便做了一对尖底桶给三姐，让她不能再放下水桶来唱歌。谁知三姐是个半仙的人，她挑尖底桶去挑水时，放下尖底能立住，照样能停下来唱歌。

姑娘长大了，心也大了，三姐慢慢懂得谈情说爱。白天出去唱山歌，晚上还悄悄出去和小伙子唱情歌。日子久了，风言风语多起来，说什么三姐夜晚出去和后生唱野歌耍风流。刘二听到了，责骂她败坏家风，拦门铺床睡，不让她晚上出去。谁知三姐有隐身法，她从哥哥身边走出门，刘二却睁着眼睛没看见。三姐半夜走出门外，回头对哥哥唱道：

我哥癫！
我哥铺床在门边；
妹妹半夜走出去，
我哥睡梦不知天！

刘二从蒙眬中醒来，找不见妹妹，连夜追到下枧河边，见她正和小伙子们对歌，肝火大发，责令她马上回去。她歌兴正浓，不愿回去。刘二随手捡起一块鹅卵石，说道："你用手板煎这块石头。如果煎得软，就给你在这里唱歌，煎不软，乖乖跟我回家。"三姐接过石头，唱道：

我哥癫，
拿块石头给妹煎，
若把石头煎得软，
哥变石头妹变仙！

唱罢，即刻烧起柴火，三姐当场用手板当锅在火上煎石头。一袋烟工夫，坚硬的鹅卵石竟被煎得像糯米糍粑一样软。围看的小伙子们拍手称赞。刘二忍着一肚子气走了。

刘二多次制止不了妹妹唱歌，加上村里一些人添油加醋，火上加油，他下狠心要把妹妹除掉。一天，三姐上山砍柴，先到葡萄藤上荡着秋千跟小伙子们对歌。她唱得正入迷时，刘二悄悄来到崖边，用柴刀把她攀的葡萄藤砍断。谁知三姐抓住断藤摇晃几下，断藤又连上了藤根。刘二连砍断三次，三次都接上了。妹妹对哥哥唱道：

葡萄果，葡萄藤，

全靠葡萄救妹生；
大水难断喜鹊桥，
柴刀难断救命藤！

刘二无可奈何，说道："妹妹，我砍藤是吓你的，只要你不再唱歌惹是招非，我就不砍了。"三姐答道："我宁愿三天三夜不吃饭，不愿一天一夜不唱歌。"刘二又气又恨地走了。

刘二砍藤失败后，坏心肠的人暗中向他献计，要把三姐害死。几天后，三姐上山砍柴，照样攀上葡萄藤同小伙子们对歌。刘二手拿柴刀和铜脸盆，悄悄来到崖边，用柴刀砍断了葡萄藤。三姐抱着断藤摇晃几下，断藤正要接上时，被刘二用铜脸盆隔住藤根。断藤接不上了，哗啦一声，三姐和断藤一起掉下河里。她的扁担还插在崖上，茶罐还挂在树上呢。

三姐被大浪冲走。葡萄藤卷成大圈圈，托住昏迷的三姐顺江流下，从下枧河流进龙江，再从龙江漂流到柳江。

刘三姐漂流近柳州时，被一个老渔翁搭救。三姐感激老渔翁的救命之恩，拜他为义父。渔翁把三姐带回龙潭村居住。渔翁下河打鱼，三姐在龙潭边绩麻补网，晚上到鱼峰山鲤鱼岩同后生们唱歌。日子越久，慕名来对歌的人也越来越多，可是两广的歌手，没有一个是她的对手。后来有个农夫来和三姐对歌，在鲤鱼岩里一直唱了三年又三个月，仍不分胜负，三姐有点支撑不住了。这时，小龙潭跃起一条大鲤鱼，三姐跃身上鱼背，骑鱼上天去了。农夫呆望着三姐上了天，叹息一声，也离开了。

柳州的百姓为了纪念歌仙刘三姐，把她的塑像安放在鲤鱼岩，让后人供奉。千百年来柳州一带流传着赞颂她的山歌：

唱歌好，
唱歌得耍又得玩，
不信你看刘三姐，
唱歌得坐鲤鱼岩。

讲述：韦　奶

采录翻译：谭桂清

选自《中国民间故事集成·广西卷》

枣 核

（山东）

早年间，在山脚下的一个庄里，有一家人家，只有两口子过日子。两口子成天价盼个小孩，都说："俺哪怕有枣核那么大个孩子也好啊！"过了不多日子，他们生了一个小孩。无巧不成故事，这小孩正好像枣核那么点。两口子欢喜得不得了，给孩子起了个名叫枣核。

一年又一年，枣核一点也不见长，还是像枣核那么点。爹说："枣核呀，白叫我欢喜了一场，养活你这样的孩子能做什么！"娘说："枣核呀，你一点不见长，我也真为你愁得慌！"枣核说："爹娘都不用愁，别看我人小，一样能做事情。"

枣核很勤快，天天干活，不但身体练得结实，还学了很多的本领。他能扶犁，也能赶驴，打柴比别人打得都多，因为他一蹦就能蹦屋脊那么高，别人上不去的地方他也能上去。邻舍百家都夸奖起枣核来，有的埋怨自己的孩子说："人家枣核那么点，也能做活，你不会做活，还不羞！"枣核的爹娘也高兴了起来。

枣核不光勤快，也很精明。有一年旱天，满坡里的庄稼一粒也没收。庄户人都没有吃的，城里的衙门里还是下来要官粮。庄户人纳不上粮，县官就吩咐衙役把牛、驴都牵了去。

牵去了牛、驴，没有了种庄稼的本啦，大伙都愁得不得了。枣核对大伙说："都不用愁，我有办法！"有的人却不相信，说："你别小人说大话啦！"枣核也不争辩，只是说："不信，你们就看看。"

到了晚上，枣核跑到县官拴牛、驴的院子外面，一蹦，蹦过墙去，等衙役都睡着了，解开缰绳，又一蹦，躲到驴耳朵里，"哦喝！哦喝！"大声吆喝着赶驴。衙役们从梦里跳了起来，惊慌地喊着："进来牵驴的啦！进来牵驴的啦！"立刻明刀长枪的，到处搜人。

闹腾了一阵，什么也没搜着。衙役们刚刚躺下，又听到"哦喝！哦喝！"又都跳了起来，还是哪里也没搜到人。衙役们才躺下，枣核却又吆喝起来。到了半夜，衙役们都瞌睡得不得了，有一个衙役头说："不用管他，不知是个什么东西作怪，咱们睡咱们的觉吧。"衙役们困慌了，倒下睡得和泥块一样，什么动静也听不见了。枣核从驴耳朵里跳了下来，把门开开，赶着牲口回了庄。

牵走了牲口，县官是不肯罢休的。天一亮，县官带着衙役下去捉拿庄户人。枣核蹦出来说："牲口是我牵的，你要怎样？"

县官叫着说："快绑起来！快绑起来！"

衙役拿出铁锁来，去绑枣核，"噗"的一声，枣核打铁锁链子缝里蹦了出来，站在那里哈哈地笑。

衙役们都急得直转，不知怎么拿好。还是县官主意多，说："把他用钱褡[①]装着背到大堂去吧！"

县官坐了大堂，把惊堂木一拍，说："给我打！"

打这面，枣核蹦到那面去；打那面，枣核蹦到这面来；怎么的也打不着。县官气得脸通红，嚷道："多加几个人，多加几条棍！"

枣核这次不往别处蹦，一蹦蹦到了县官的胡子上，抓着胡子荡秋千。县官慌张了，直喊："快打！快打！"衙役们一棍打下去，没打着

① 钱褡：装钱物的口袋。

枣核，却打着县官的下巴骨啦，把县官的牙都打下来了。满堂的人都慌了起来，一齐照顾县官去了，枣核大摇大摆地走了。

搜集整理：董均伦　江　源

选自《聊斋汉子》

斯坎德尔国王和他的继承人

（新疆·塔吉克族）

相传很久以前，帕米尔高原上建立了一个王国，国王是个贤明的君主，名叫斯坎德尔·祖里海乃英。他统治着七个领地，领地里的贵族们每年都向国王进贡七百个金元宝。国王把这七百个金元宝只在国库里存放一天，第二天就亲自把这笔钱分发给全国的孤寡老人。

廉洁公正的斯坎德尔国王深得各族百姓的拥护，他的国家日益强盛起来。人民都安居乐业，这样国王的统治一直延续了八十六年。

年迈的斯坎德尔国王一天晚上突然做了一个梦，梦见他离开皇宫，走到一个长满各种奇草异花的花园。那里有一条小河，河边坐着一个水晶人，全身晶莹透明，光芒四射。国王惊醒以后，知道这是不祥的预兆。第二天，他便召集王公大臣们商议道："我已年迈体衰，恐怕会不久于人世了。我要在临终之前选定一个王位继承人，我选的这个人，如果他能在我去世以后，说出我想说而没有说完的话，你们就应该像拥戴我一样地拥戴他，这样我就放心啦。"

王公大臣们纷纷表示，一定按照国王的训诫去做。

皇宫里有个守门人是个汉人，他从国王登基以来就在皇宫守门，几十年来，不论刮风下雨、酷暑严寒，始终坚守岗位，默默无闻地做着每件被宫中上下瞧不起的差事。他在宫门上每天接触从全国各地来京城求见国王的穷苦人，他省下钱来帮助那些穷人，并尽可能地把他们的要求和希望转达给国王。天长日久，国王从守门人那里听到了从王公贵族们那里听不到的许多民情和传闻，他也尽量去满足人民的要求，实行了许多富国强兵的办法。从此，守门人的名字也传扬出去，受到全国百姓的爱戴。

一天，国王想在去世之前最后一次看望一下他的人民，便带了几个近臣和随从出外巡视。国王回宫的时候，正好在宫门外面碰到了这个守门人。国王问道："这座山上的雪是什么时候下的？"

守门人回答道："陛下，是去年才下的。"

国王又问道："这场雪对庄稼有害吗？"

守门人回答道："不会的，陛下，它能使庄稼长得更茂盛。"

国王又说："那么果实会怎么样呢？"

守门人回答道："果实会是甜的，就跟陛下您所尝过的一样。"

国王满意地点了点头，说道："明天早朝的时候你到皇宫来一趟，我们有件事要告诉你。"

守门人向国王深鞠一躬，说道："遵命。"

在回宫的路上，一个大臣对国王说道："陛下，那个守门的汉人在撒谎，这座山上的积雪从我生下来的时候起就有的，他却说是去年才下的，这不是明明在欺骗陛下吗？"

国王笑道："刚才我和守门人的谈话，看来你们一点也不明白。你们身为朝廷高官，但远不及守门人智慧。"

大臣们面红耳赤，请求国王指点。

国王说道："我问他山上的雪是什么时候下的，意思是说他的头发是什么时候开始白的，他回答说是从去年开始白的。第二句话是问他年纪大了，对他的差事有没有影响，他回答说没有影响，只会使他把事情办得更周到一些。第三句话是问他，人民会不会对他满意？他回答说会满意的，就像我所知道的那样。”大臣们听了国王的解释才恍然大悟，十分敬佩守门人的智慧。

第二天早上，守门人准时走上宫殿谒见国王。国王非常高兴地走下宝座，拉着守门人的手对满朝文武大臣说：“他就是我选定的继承人，也是你们将来的国王。”

文武大臣一个个惊得目瞪口呆，面面相觑。

国王接着说道：“他从前是皇宫的守门人，今后是整个国家的守门人。国王是人民的仆人，他应当是个公正、廉洁的君主，并且要了解和热爱他的人民，这样，国家才会兴旺，人民才会满意，敌人就不敢轻举妄动。”说完，国王当众把玉玺交给守门人。

几天以后，国王就去世了。七个领地的贵族们听说皇宫的一个异族守门人继承了王位，心里都不服气，暗中串通起来，准备寻找机会使新登基的国王当众出丑，然后把他赶下宝座。

在给斯坎德尔国王举行葬礼的时候，各个领地的贵族们都赶来参加。遗体下葬的时候，国王的右手一直高高地举着，怎么也裹不到克潘①里去。这时，有个贵族出来说道：“为什么斯坎德尔国王死后，还高高地举着他的右手？请新任国王来回答这个问题吧！”

守门人从容地回答说：“斯坎德尔国王死后还高举着他的右手，意思是说，你们看我当了八十六年的国王，现在我死了，可我什么也没有带走，希望你们也和我一样廉洁而公正地治理国家！”话音刚落，斯坎德尔国王那只高举着的右手突然放了下来。在场的王公贵族们无不感到惊奇。这时，他们想起斯坎德尔国王生前说过的那句话：“如果他能在我去世以后，说出我想说而没有说完的话，你们就应该像拥戴我一样地拥戴他。”贵族中间再也没有人敢站出来反对新国王了。

① 克潘：裹尸的大布。

从此，新任国王和斯坎德尔国王生前一样很好地治理着帕米尔王国和属于他的七个领地，一直到他死为止。

讲述：尕娃里克

翻译整理：乌斯满江　张世荣

选自《新疆民间文学》

高 亮 赶 水

（北京）

明成祖永乐皇帝把京城从南京迁到北京，他想把北京建设得规模宏大，雄伟壮观，就命令军师刘伯温监修北京城。①

刘伯温博学多才，上知天文，下知地理，对相面、测字、看风水，也样样精通。在北京城破土动工那一天，刘伯温带领参加施工的大小官员，还有从各府州县征调来的能工巧匠和民工，共有几千人，举行了盛大的拜神仪式。什么火神爷、土地爷、财神爷，全都拜到了。他想，有了列位神仙保佑，修建北京城就会万事如意了。

破土动工了，可是全北京城的水井突然都干了！连一滴水也没有。这怎么修城呢？刘伯温得到全城没水的消息，脑子一转，他才想起来：拜神仪式上忘记了拜龙王爷！龙王爷一生气，把全城的井水装进了鱼鳞水篓，用车推起来奔玉泉山去了。

想到这里，刘伯温马上把大将高亮找来，吩咐说："你快骑马追赶龙王爷，他把北京城的水都推走了。你追到水车，千万别跟龙王爷、龙王奶奶说话，你用枪把鱼鳞水篓捅破，掉头就往回跑。半路上不管发生什么事情，都不要往回看！这一点千万千万要记住！"高亮说："我牢牢地记住，不回头就是了。"

---

① 此处与史实不符，为保留民间故事特色，不作修改，特此说明。

高亮跨上战马，手提金枪，出了西直门，一阵风似的向西方追去。过了广源闸，来到一个小村庄，高亮向一位老人施礼，问："您见到一个老头和一个老太太推着一辆水车走过去了吗？"老人说："看见了。那老公母俩推车刚出村，奔西北去啦！你看，脚底下不是水车轧出的车道沟吗？"高亮低头一看，果然有两条很深的辙印。他谢过老人，就顺着车道沟奔西北去了。

高亮又追到一个小村庄，在三岔路口迷了路。他见到老槐树底下一块大青石上坐着一位白胡子老头，就双手一拱，问道："请问老者，您见到一位老头和一位老太太推着水车过去了吗？"白胡子老头说："看见了！水车走到这个路口，那位老太太的裹脚布散开了，她还坐在大青石上裹脚来哩！那老公母俩推车奔西北去了。"高亮听完，一甩马鞭，那战马就撒起欢来，一溜烟奔玉泉山方向去了。

高亮又赶到一个村庄。街上满是泥水，路很不好走。他问走路的一位大汉见没见一辆水车过去了。那位大汉说："见到了，那辆水车走到水汪里误住了[①]，还是我帮他们推出来的哩！这会儿，那老公母俩出村也不过二三里地远。"高亮一甩马鞭，又往前追去。

高亮直追到玉泉山下的一个大村庄。村口一辆水车又让泥水误住了！那龙王爷、龙王奶奶正站在水汪里使劲推车。高亮催马上前，举起金枪就刺，把左边那个鱼鳞水篓捅了一个大窟窿，那清水便哗哗地流了出来。

高亮掉转马头，拖着金枪，顺着原路往西直门跑。他不停地挥动马鞭，就嫌战马跑得太慢。他听到，身后边有哗哗流水的声音，离城越近，水声越大，好像大水就要把他吞了似的。但是他想起刘伯温的话，说什么也不往回看，只顾勒紧马缰绳往城里奔。

---

① 误住了，指耽搁了，这里指陷住了。

高亮骑马跑到城下的一座石桥上，已经看到刘伯温在西直门那地方向他招手呢。他以为，现在已经大功告成，可以放心了，就回头一看。这时候，一个浪头扑过来，把高亮和他的战马都卷进漩涡里，不知冲到什么地方去了。

高亮虽然死了，但是北京城的枯井里，又都涨出了水。刘伯温也抓紧时机，抢黑夜赶白天，调动能工巧匠们修好了北京城。不过，北京城里的井水都是苦的！因为高亮用枪扎龙王爷的水车时，没有来得及捅破水车右边那个鱼鳞水篓，结果那个水篓里的水被龙王爷、龙王奶奶推到玉泉山，倒在玉泉里了。从此，那玉泉水就变成甜水了！

北京的老百姓，世世代代都忘不了高亮。为了纪念他，就把西直门外的那座石桥，叫高亮桥。高亮赶水时，龙王爷的水车轧了两条车道沟的村子，就叫车道沟；龙王奶奶坐在大青石上缠脚的那个村子，就叫缠脚湾；玉泉山下龙王爷的水车“误”住的那三个村庄，就叫南坞、中坞和北坞。高亮骑马回城的时候，拖着金枪在地上划出了一道深沟，沟里盛满了玉泉水。这条水沟就是金河，也叫高亮河。

直到如今，这些桥名、村名、河名，都还沿用着没有改变——老百姓还在怀念着为人民造福的高亮嘛！

讲述：阎文录

采录：张宝章

选自《中国民间故事集成·北京卷》

猎人海力布

（内蒙古·蒙古族）

从前有一个人名叫海力布，因为他靠打猎过活，大家都叫他安格沁[①]海力布。他很愿意帮助人，打来的禽兽，自己不单独享用，总按邻居的人口分给大家，因此，海力布很受大家欢迎。

一天海力布到深山去打猎，在密林中，他看见一条白蛇正盘睡在山丁子树下。他放轻脚步绕过去，不愿惊动它。正在这时，忽地从头上飞过来一只灰鹤，嗖的一声俯冲下来，用爪子抓住了睡着的小白蛇，又腾空飞去。小白蛇惊醒后，尖叫："救命！救命！"海力布急忙拉弓搭箭，对准顺山峰飞升的灰鹤射去。灰鹤一闪，丢下小白蛇就逃跑了。海力布对小白蛇说："可怜的小东西，快回去找你的爸爸妈妈吧！"小白蛇向海力布点了点头，表示了感谢，就隐到草丛里去了。海力布也收拾好弓箭回家了。

第二天，海力布正路过昨天走过的地方，看见一群蛇拥着一条小白蛇迎了上来。海力布觉得很奇怪，想绕道过去，那条小白蛇却向他说道："救命的恩人，您好吗？您可能不认得我，我是龙王的女儿，昨天您救了我的命，我的爸爸和妈妈今天特别叫我来这儿迎接您，请您到我们家里去一趟，我的爸爸和妈妈好当面感谢您。"小白蛇又继续

---

① 安格沁：蒙古语，猎人的意思。

说：“您到我的家里以后，我的爸爸和妈妈给您什么您都别要，只要我爸爸嘴里含着的宝石。您得着那块宝石，把它含在嘴里，就能听懂这世上各种动物的话。但是，您所听到的话，只能自己知道，不要向别人说，如果向别人说了，那么您就会从头到脚，变成僵硬的石头而死去。”海力布听了，一面点头，一面跟着小白蛇往深谷里去，越走越冷，最后走到一个仓库门前。小白蛇说：“我的爸爸和妈妈不能请您到家里去坐，就在仓库门前等您，现在已经来到这里了。”小白蛇正说着的时候，老龙王已经迎上前来，很恭敬地说：“您救了我的爱女，我真感谢您！这是我聚藏珍宝的仓库，我带您进去看看，您愿意要什么，就拿什么去，请您不要客气！”说着，老龙王把仓库门开开，引海力布进屋。只见屋里全是珍珠、宝石，辉煌夺目。老龙王引着海力布看完这个仓库，又走到那个仓库，一共走了一百零八个仓库，但是海力布没有看中一个宝贝。老龙王很难为情地问海力布：“我的恩人，我这些仓库里的宝物，您一个也不稀罕吗？”海力布说：“这些宝物虽然都很好，但只可以用来做美丽的装饰品，对我们打猎的人来说，没有什么用处。如果龙王爷真想给一点东西作纪念，就请把您嘴里含的那块宝石给我吧！”龙王听了这话，低头想了一会，只好把嘴里含的宝石吐出来，递给海力布。

海力布得了宝石，辞别龙王出来的时候，小白蛇又跟着出来，再三叮嘱说：“有了这块宝石，您什么都可以知道。但是，您所知道的一切，一点也不许向别人说。如果说了，那时一定有危险，千万记住！”

从此，海力布在山中打猎更方便了。他能听懂雀鸟和野兽的语言，隔着大山有什么动物他都知道。这样过了几年，有一天，他仍然到山里打猎，忽然听见一群飞鸟议论说：“我们快到别处去吧！明天这里附近的大山都要崩裂，涌出的洪水，泛滥遍野，不知要淹死多少野兽！”

海力布听见了这个消息，心里很着急，也没有心思再打猎了。他赶紧回家，向大家说："我们赶快迁移到别处去吧！这个地方住不得了！谁要不相信，谁就来不及后悔了！"

大家听了他的话都很奇怪，有的认为根本不会有这种事，有的认为可能是海力布发疯了，谁都不相信。海力布急得掉下眼泪说："大家难道先叫我死了，才相信我的话吗？"

几个年老的人向海力布说：

"你从来不说谎话，这是我们大家都知道的。可是你现在说，这个山要崩裂，涌出的洪水泛滥遍野，这又有什么根据呢？请你告诉我们！"

海力布想：灾难立刻就要到来了。如果我只知道自己避难，让大家受祸，这能行吗？我宁肯牺牲自己，也要救出大家。于是，他把如何得到宝石，如何用来打猎，今天又如何听见一群飞鸟议论和忙着逃难的情形，以及不能把听来的事情告诉别人，如果告诉了，立刻就会变成石头而死，等等，全都讲了出来。海力布边说边石化，就渐渐变成了一块僵硬的石头。大家看见海力布变成了石头，立刻很悲痛地赶着牛羊马群，把家迁走。大家正在走的时候，看看阴云密布，连夜大雨不停；第二天早晨，在轰轰的雷声中，忽然听见一声震天动地的巨大的响声，霎时山崩水涌，洪水滔滔。大家都感动地说："要不是海力布为大家而牺牲，我们都会被洪水淹死了！"后来大家找到了海力布变的那块石头，仍然搁在一个山顶上。为了纪念牺牲自己、保全大家的英雄海力布，子子孙孙都祭祀着他。据传说，现在还有叫"海力布石头"的地方。

搜集整理：甘珠扎布

选自《民间文学》

蝴 蝶 泉

（云南·白族）

滇西洱海东岸的永胜县，有个猎人名叫杜朝选。他到处打猎，海东海西的荒山野沟都让他走遍了。有一天，他背着弓箭，从永胜县来到宾川洱海的东岸，想乘船到海西打猎。可巧在离海岸不远白茫茫的海面上，有一对捉鱼的老夫妇，正划着渔船，一心一意地撒网捉鱼。杜朝选站在海岸上亲热地向老两口打招呼：

“大爹，大妈，请把我划到海西去吧！我要到那边打猎去呢！”

老两口摆摆手说：

“不能，不能，要是划你过去，我们老两口今天的生活向谁要呵？”

杜朝选说：

“尽管划我过去，我能解决你们吃食困难。”

捉鱼的老夫妇就把杜朝选从东岸渡到西岸。杜朝选登上了洱海西岸，用拄棍在离海岸不远的地方，轻轻戳了三戳，戳出一个窟窿，里面冒出一股清汪汪的水来。霎时间银闪闪的弓鱼，在那水里成串地游来荡去。杜朝选用手一指，对老两口说：

“大爹，大妈，你们就在这儿捞鱼吧！这里的鱼保你们一辈子也捞不完。”

捉鱼的老夫妇很高兴，想让杜朝选在他们家里住几天。杜朝选说：

“我现在要到山里去打猎，等以后再来看望你们吧！”说着他就走远了。

从此，打鱼的老夫妇再也用不着下海撑船捞鱼了。他们天天守着那个小窟窿捞鱼，果真鱼越捞越多。他们的日子比以前好过了。老两口在靠近捞鱼的小窟窿旁边搭起了一个棚子，就搬进去住下了。

以后，这个荒凉的洱海西岸，慢慢成了一个小村庄，这就是现在周城附近的桃源村。

杜朝选来到海西，在周城附近的一个小村庄里住下了。每天东方一发白，他便背起了弓箭，到深山老林去打猎；一直到太阳落山，才转回村庄来过夜。

有一天夜里，杜朝选听见从隔壁邻居家里传来一阵悲切凄惨的哭声。他顺着哭声走去一看，只见一个妇女抱着个娃娃正在痛哭。他觉得很奇怪，上前问了缘由：

“大嫂，你的娃娃又没有生病，为什么哭得这般伤心？”

妇女没有答话，还是埋着头哭个不休。杜朝选耐心地再三询问。那个妇女才说了话：

“你是客人，哪晓得我们的苦情！在我们这一带的深山里，有个没人敢到的神魔涧。那儿有个蟒蛇洞，洞里藏着一条会变人形的大蟒蛇。每年一到三月初三，那条蟒蛇就向我们这一方的老百姓要一对童男童女；要是不按时送到，我们这里的人就得遭殃。明天就是三月初三了，该轮到我家的娃娃了！”妇女刚一说完，又呜呜咽咽地哭了起来。

杜朝选又问：

“那只妖蟒有多大多小？”

妇女说：

“它的原形没人晓得，它能变大，也能变小。”

杜朝选说：

“大嫂，你不要着急，明天我去神魔涧串串，我有办法制伏这个害人的家伙。你把心放宽一点，不要哭了！”

妇女听罢，擦干眼泪，不再哭了。

第二天，杜朝选独个儿向从来没人敢到的神魔涧走去。他果真老远就瞧见一条白光闪闪的大蟒正在沟里喝水。杜朝选瞄准蟒身射一箭，眨眼间大蟒就不见了。

第三天一早，杜朝选又到神魔涧寻找大蟒的下落，找来找去，却找不到蟒蛇的踪迹，只见在山沟沟的泉水旁边，有两个年轻的女子，抱着沾满血迹的白衣服，在大石头上搓洗（当地人们传说，那块搓血衣的大石头，直到如今，还染着鲜红的血迹）。杜朝选想：两个年轻漂亮的妇女，在这荒凉没有人影的地方洗血衣，她们莫不是蟒蛇变的？杜朝选便走上前去盘问：

“你两人给哪个洗血衣？快讲给我听！”

两个女子见有人问，很害怕，吞吞吐吐地说：

“我们洗自己的衣服！”

杜朝选不信，很生气地说：

“你俩一定是妖蟒变的，要不照实说，你们跟天上的飞鸟一样结果，看我的箭法！”说着他就朝天空的飞鸟射出一箭，一只小鸟从天空跌落下来了。

两个女子看见杜朝选有这般惊人的武艺，长得又很入眼，心里暗暗佩服。她两人向杜朝选苦苦哀告：

“我们都是好人，不幸去年被一条妖蟒劫到蟒蛇洞，大蟒硬逼着我们做了它的媳妇。昨天大蟒出洞游玩，没想到去了一会儿，就受伤逃了回来，衣服染满鲜血，到现在箭还带在身上没有拔出来呢！这血衣就是它的。”

杜朝选问：

“它现在在洞里干什么？”

“睡觉呢！”

“它一觉能睡多久？”

“大睡七天七夜，小睡三天三夜！”

杜朝选又问：

“它今天是大睡还是小睡？”

两个女子回答：

“今天正好是大睡！”

“它有什么宝贝吗？”

“别的宝贝我们不知道，只晓得它有一把宝剑，这把宝剑日夜不离它的身边。”

杜朝选一听很高兴，连忙又说，

“你们能不能把那宝剑给我盗了来？”

两人都说：

“能！能！那把宝剑现在正搭在大蟒的枕头旁边！”

两个女子回到蟒蛇洞，一会儿就把宝剑盗出来了。

杜朝选随即手提宝剑，跟着两个女子走进了蟒蛇洞。看见妖蟒正闭眼熟睡，杜朝选举起了宝剑咔嚓一声向蟒蛇身上剁了下去，两剑把妖蟒剁成了三截。可是，宝剑断了，杜朝选手里只握着一个剑把。

两个女子亲眼看到年轻的猎人除去了这个眼中的祸害，满心佩服。她两人商量了一下，对杜朝选说：

“你替我们这里杀死了吃人的妖蟒，又搭救了我们俩的性命，你待我们的恩德深如大海，无法报答，我们做你的妻子，你可愿意？”

杜朝选一听，一边摆手一边说：

“使不得，使不得。我杀了大蟒，替大家除害，是分内的事。咋能让你们俩做我的媳妇呢？”

两个女子无论怎样求告，杜朝选硬是不依。他竟然头也不回，上山打猎去了。两个女子紧紧跟随在后面，哪里追赶得上。跟了一阵，她们终被落下了。

天黑下来的时候，两个女子没处投宿，只得转回洱海西岸，宿在捉鱼的老夫妇家里（现在的桃源村）。次日，她们又折回原路，一心要去寻找那个为民除害的杀蟒英雄。不知不觉来到苍山脚下，她们已经走得脚酸腿痛，再也不能向前移动了，就在一个龙潭的旁边歇了脚。她们一想起那个寻找不到的猎人，就很伤心，只好朝着龙潭哭了一阵；越哭越伤心，越伤心就越哭，直哭得山摇地动；千愁万恨，没法解开，两人一齐扑通一声就跳进龙潭去了。

杜朝选打罢猎回到自己家里，心里总是记挂着蟒蛇洞里搭救的那两个女子。天一亮，他就到处去探问两个女子的下落，后来才听说两人跳龙潭寻短见了。杜朝选一听立刻赶到龙潭；他到泉边一看，两个女子已经死在泉里。他伤心不过，自己也就跟着跳下龙潭去了。

杜朝选跳进了龙潭以后，龙潭里立即飞出来三只美丽的彩蝶，两前一后，在龙潭的水面上飞上飞下，形影不离。

传说，杜朝选是在四月二十五日投潭身死的。年长日久，这三只蝴蝶一代一代传了下来。每年一到这个时候，龙潭的前前后后，就聚来许许多多五颜六色的蝴蝶，绕着龙潭飞来飞去，小的像铜圆，大的像银圆。龙潭周围立刻成了蝴蝶的世界。人们就叫龙潭为蝴蝶泉。①

龙潭的水清汪汪的，一眼可以看到潭底。潭底水珠成年累月地往

---

① 杜朝选死后，后人在离龙潭不远的坡上修了一座小庙子，里面塑了杜朝选的泥像。他和平常人一样，慈眉善眼，腮下飘着三绺长须，是个白面书生模样，肩上却背着一副弓箭，身旁塑着一匹白马。周城一带的老百姓，每到四月二十五日这天，都到蝴蝶泉来赶会，祭奠这位杀蟒英雄。因为杜朝选为众除害有功，他们把他奉为周城的本主。

上翻腾。在蝴蝶泉的旁边，有一棵大树，叫蝴蝶树，每年一到这个时候，树上开满金黄色的小花朵，散发着清香的气味。蝴蝶树上有一根粗大的树枝，像把大雨伞，横遮在整个的龙潭上。各色各样的蝴蝶，一个叼着一个的尾巴，从蝴蝶树的各个枝头上，一串一串吊到龙潭的水面上。

讲述：张斋生

搜集整理：李星华

选自贾芝、孙剑冰编《中国民间故事选》

寻找太阳头发的小孩

（云南·傈僳族）

从前，有一个土官，爱吃新鲜的野物。他虽然是一个土官，但从小学会了狩猎，精通射箭的技艺。

一天，他带着干粮，一个人到山里寻找野兽。他发现了一只麂子，立即拉开弩弓，射出一支利箭，正中那只麂子。但麂子却带着箭跑了，他循着脚印追去。眼看快追上了，麂子又往前跑，始终追不上。天快要黑了，他想，今晚没法追上麂子，明天再来寻找它吧，就转回家来。

第二天黎明，他又带着干粮，背着弩箭，上山寻找昨日射伤的麂子。他顺着脚印寻找，远远地看到了麂子，但追了一天，还是捉不着它。

天晚了，他来不及回家，便沿着小路找到一个寨子，准备借宿一夜。他到了一户快要生小孩的农民家里，说明了来意，主人家同意了。但住在屋子里不方便，就安排他到装粮食的竹楼里睡觉。这一夜，因为有产妇分娩，整夜都有人出出进进，使他无法安睡。半夜里，农妇生下一个男孩。主人高兴极了，请来寨子里最年老的长者为小孩祝福。长者祝小孩吉祥平安，快快长大，并祝他成年后升官发财，生活美满。

土官在竹楼上听到这番祝词，心里惴惴不安。他想，如果这个老人的祝词实现，将来孩子长大了，一定要来争夺自己的官位。他越想越不对头，好像自己的土官职位已经被这个小孩夺去了一样。于是他打定主意要杀掉这家母子，除掉后患。天快亮时，等前来探望、祝福的亲戚朋友都回家去了，便趁机摸到产妇住的房间里，只听产妇睡得正熟，就对准鼾声砍去，结果了这个母亲的生命。他去摸婴儿，准备砍他一刀，但怎么也找不到婴儿，只好悄悄回到竹楼上假装酣睡。

天明以后，主人家大叫大喊，放声痛哭："我家妇人被人杀死了，娃娃咋养得活呀！"土官也起来跟着叫喊："昨夜有一个老人来，莫不是那个老人杀了她？"土官这时才弄清楚，原来婴儿昨晚被他父亲抱走了。

刚生下的婴儿就失掉了母亲，呱呱待哺，实在可怜。主人心里难过极了，急得不知该怎么办。土官为了斩草除根，又心生一计，向主人提出："你家养活不了小孩，我愿意抚养他，等他长大后，请你来认领。"主人心想，自己养活不了小孩，这倒是个好办法，忙向土官说："你能养活我的娃娃，那十分谢谢你了！"说着，就把小孩交给了土官。

土官得到了小孩，再也不寻找麂子了。他把小孩带回家，把事情告诉了老婆。两人商量把婴孩丢进江里活活淹死。他们做了一口小棺材，把婴孩放进里面，然后丢进大江里。他们以为用不着杀他，他也自然会淹死的。

江的下游，恰好住着一户农民。夫妇俩结婚多年却没有孩子。这一天，他们到江边种地，突然发现有个箱子远远地从江上漂下来，漂到了他们身旁。夫妇俩跳到江里把它捞起，抬着回家来。男的用砍刀砍开箱子一看，里面有一个婴儿。他俩把孩子抱出来，精心地护理着孩子。孩子一天天长大，很快就会走路，会说话了。孩子十分懂事，长到十岁，不仅会帮助爸爸妈妈扫地背水，还能跟着村里的小孩到山上找柴，又活泼，又勤劳。夫妇俩更加疼爱孩子，好的让他吃、让他穿。小孩如鱼得水，欢乐地成长。

一天傍晚，他们家突然来了一个猎人，因为天黑回不了家，就在他们家住下了。夜晚主客在火塘边闲谈，主人才知道客人是附近的土官。客人问主人有几个孩子，主人如实地告诉客人："我没有孩子，现在的孩子还是十年前从江里捞起来的。"土官一听，十分惊奇，心想，这个小孩难道是我丢下江里的那个婴孩？他回想十年前的情景，算算年月恰巧相同，越想越着急，下决心杀死这个孩子。他想了一个毒计，对主人说："我还要继续打猎，一时回不了家，怕家里的人着急，想带封信回去，我家离这里也不远，请你的孩子把信送去吧。"主人不敢得罪土官，就答应让孩子第二天帮他送信。

第二天，小孩走到了半路，突然昏倒在路边。这时来了一个满头银发的老爷爷，看见小孩躺在路边，就过去把他扶起来，在他胸口摸了三下，小孩慢慢苏醒过来了。老爷爷问他："孩子，你为什么睡在路边？你要到什么地方去？"小孩回答说："我家来了一个猎人，一时回不了家，我爹叫我帮他送一封家信。我走到这里，不知怎么就昏倒了。"

"你带的信在哪里？"小孩从口袋里把信摸出来递给老爷爷。老人一看非常惊异，信上说："小孩把信送到家里，就把他杀掉。"为了挽救小孩的生命，老人就把土官信上的这句话改为："小孩把信送到家后，就让我的姑娘和他定亲。"

说来奇怪，小孩没吃什么药，身体很快就恢复了。他谢别了老爷爷，带着信到了土官家里。他递交了信件，管家看了信后，转达了土官来信的内容。家里的人都觉得莫名其妙，但谁也不敢违抗土官的命令，于是立即大宴宾客，土官姑娘与送信的小孩定了亲。

不久，土官回来了，看见送信的小孩还活着，知道家里人把他的姑娘许给了小孩，气得话都说不出来。他大骂是谁干的。管家告诉他："我们哪敢违抗你的话呢？是依照你信上的吩咐，才把你的姑娘许给小孩的。""我的信没有这样写呀！"管家只好把信拿给他看，他看了信后也感到莫名其妙了，信上的确是这样写的，笔锋一点也不错，是他的亲笔字。土官无话可说，他的诡计又失败了。

一计不成，又生一计。一天，土官对小孩说："你要做我的女婿可以，但你必须到太阳那里找回它的三根头发来。如果做不到这件事，我就杀死你！"他盘算太阳头发是找不到的，小孩出去寻找，不在山上饿死，就会被野兽吃掉。小孩没法，只有服从土官的命令。临走时，土官给了他三块粟米粑粑，作为路上的食物。

小孩怀揣粑粑，手拄木棍，走啊走啊，不是上坡就是下坡，一直往太阳落山的地方走去。他以为太阳就在山那边了，但翻过一山，又是一山，山外有山，无穷无尽，哪里追得上太阳呢？

一天，他来到一条大江边。划船的是一位百岁老人。他站在江边远远地向对岸高声喊叫："老爷爷，请你划船过来渡渡我。"老人把船划过来，问他说："孩子，你要到哪里去？去做什么？"小孩回答说："土官叫我找回太阳的三根头发，找不回来就要杀死我。我不知道该走哪条路，到哪里去寻找太阳的头发！"老人说："太阳住在很远很远的天边，你只要一直朝西方走，就可以找到。请你帮我问问太阳，我已经老了，没有精神再继续划船了，究竟怎么办？"小孩满口答应，过了江后谢别老人，继续赶路。

小孩朝西方走去，越走越远，到了一个寨子里。只见全寨子的男女老少都聚在一个地方吵嚷着，原来他们为没有水吃而发愁，有的人急得哭了起来。他们见来了一个外乡人，就问他："孩子，你要到哪里去？做什么事情？"小孩回答说："土官叫我找回太阳的三根头发，找不回来就要杀死我。我不知道该走哪条路，到哪里去寻找太阳的头发。"他们对孩子说："太阳住在很远很远的天边，只要一直朝着西方走，就可以找到。请你帮我们问问太阳，我们寨子过去水很多，不知道什么原因，现在寨子里突然没有水了，要走一天路程去背水，以后我们怎么办？”小孩满口答应，告别大伙，继续赶路。

小孩继续朝西方走去，越走越远，又来到一个寨子。只见全寨子的人都聚在一起哭，小孩挤进人群打听发生了什么事情。乡亲们见来了一个陌生人，就问他：“你来做什么？要到哪里去？”小孩回答说：“土官叫我找回太阳的三根头发，找不回来就要杀死我。我知道路很远，可不知道该走哪条路，到哪里去寻找太阳的头发。”乡亲们对他说：“太阳住在很远很远的天边，只要一直朝着西方走，就可以找到。请你帮我们问问太阳，我们这个寨子全靠种梨为生，前几年梨树每月结一次果，果实累累。不知道什么原因，现在不结果了，人们生活不下去了，全寨的人都在饿肚子，应该怎么办？”小孩满口答应，告别乡亲们，继续赶路。

小孩带的粟米粑粑吃完了，还是没有找到太阳居住的地方。他继续往前走，不知穿过了多少密林，翻过了多少高山，越过了多少山沟。一天，他看见前面有一幢房子，进去一看，只见屋里坐着一个头发雪白的老婆婆。她见生人进来，便问：“你来做什么？”小孩恭恭敬敬地回答说：“老奶奶，我是土官派来找太阳的，他要我取回太阳的三根头发，否则就要杀死我。我不知道到哪里去寻找太阳，请你告诉我。”老婆婆听了笑笑说：“孩子，你放心吧！你不要走了，就住在这里。今天夜里有熊、狼、虎、豹来我这里做客，到时候从它们的闲谈中你就会听到你想知道的事了。但是你千万不要睡着了，要仔细地听。”小孩说：“只要能找到太阳，怎么样都可以。”于是老婆婆就把他安排在一个大箱子里，用一把锁锁起来。

果然没过多久，野兽们陆续来了。小孩仔细地听着，那些野兽在闲谈中讲到划船老人的事。一个说：“那个老人有一百岁了，划不动船了，该怎么办？”另一个回答说：“这好办，如果对岸有人喊他划船过来，他可以回答说，‘我老了，划不动了，你自己来划吧！’然后把船推进江里，就可以回家了。”

闲谈到那个寨子没有水吃，那是因为水源处堵着一条大蟒，只要杀掉大蟒，把它拉出来，水就流出来了。又闲谈到那个寨子的梨树不结果子，那是因为一家富人把两罐银子埋在一棵梨树底下，只要把那两罐银子挖出来分给全寨的人，梨树就会结果子了。

天亮了，“客人”都走了，老婆婆打开箱子让小孩出来，问他昨夜听清了没有，小孩假装说没有听着。老婆婆立即发起脾气来，还要咬他，吓得小孩连忙老实说：“我已经听清了，它们讲的话，我都记得了。”老婆婆这才笑着说：“只要你记住就可以了。”

过了不一会儿，突然从外面飞进一个美丽的姑娘来。姑娘身长翅膀，金色的头发长长的，闪闪发光，照得满屋通明透亮。她一进来就问老婆婆：“妈妈，我闻着生人的气味，是谁在这里？”老婆婆连忙说：“孩子，没有人在这里，你赶快睡吧！”姑娘没有再追问就睡了。等她睡熟的时候，老婆婆蹑手蹑脚地走到她身边，轻轻拔下了她的三根头发。姑娘惊叫起来，问是什么东西叮了她。老婆婆忙说：“没有什么东西叮你，快睡吧，孩子！”一会儿姑娘又睡着了。老婆婆把姑娘的头发放在一个金盒子里交给小孩，并嘱咐他说：“你把这盒子交给派你来的那个土官就行了。”小孩感激地向老婆婆告辞：“老奶奶，谢谢您，我走了！”

小孩顺着原来的路往回走，来到梨树寨里。乡亲们问他：“你找到太阳了吗？帮我们问了没有？”小孩说：“我没有找到太阳，但我在一个老婆婆家里听到了你们寨子梨树不结果的事。它们说，你们寨子里有一家富人把两罐银子埋在一棵梨树底下，只要你们把这两罐银子挖出来分给全寨的人，你们的梨树就会结果子了。”乡亲们按他说的去做，果然挖出两罐银子来。全寨人刚刚分了银子，立即又吃上了香甜的梨子。大家非常感激小孩，不让他回家，纷纷邀请他去做客，还送他礼物，但都被他婉言谢绝了。大家只好依依不舍地把他送出寨子。

小孩继续往前走，到了没有水吃的那个寨子。乡亲们问他："你找到太阳了吗？帮我们问了没有？"小孩回答说："我没有找到太阳，但我在一个老婆婆家里听到了你们寨子没有水吃的事。它们说，有一条大蟒堵塞了水源，只要把大蟒杀了，把它拉出来，水就出来了。"乡亲们按照小孩说的去做，果然水就涌出来了。大家高兴极了，不让他回家，邀请他去做客，还送他礼物，也都被他婉言谢绝了。大家只好欢欢喜喜地把他送出寨子。

小孩继续向前走，一口气跑到江边。划船老人看到小孩回来了，忙问他："你找到太阳了吗？帮我问了没有？"小孩回答说："我没有找到太阳，但我在一个老婆婆家里听到了关于你划船的事。"小孩说到这里突然忍住了，他生怕说了以后老人不给他划船，直到过江以后才继续对老人说："我听见它们说，以后如果对岸有人喊你划船，你就说：我老了，划不动了，你自己来划吧！然后你把船丢下，就可以回家了。"老人听了十分高兴，送他礼物，被他婉言谢绝了。他告别老人，继续赶路。

小孩克服了饥饿和劳累，终于带着金盒子回到了土官那里。土官以为小孩早已死了，现在突然回来，并交给他一个金盒子，打开一看，惊得他目瞪口呆。原来金盒子里果真装着三根闪闪发光的金色头发。这太阳的头发是最贵重的宝贝，据说谁能亲自找到，谁就能长命百岁，享受荣华富贵。土官想，我原来以为寻找太阳的头发是很难的，现在一个小孩居然能够找到。我是一个土官，寻找太阳的头发就更容易了，我要亲自去找太阳的头发。于是他准备了干粮，第二天早早地就起床上路了。他来到江边，远远看见划船老人在对岸，便大声叫喊："喂，老头子，快把船划过来，渡我过江。"他以为像往常一样，只要他站在江边一喊，船夫马上就会过来。不料这次船夫理都不理他。他喊了又喊，最后老人高声回答他说："我年纪大了，划不动了，你自己来划吧！"说完，丢下划船工具，把船推进江里，回家去了。

土官气得要死，如果老头在他身边，真要打他几下，现在隔着一条江，对他无可奈何，只好自己划船。说也奇怪，那条船居然漂过来了。他过了江后，正想离开，岸上有人叫喊："划船过来，渡人呐！"他一看是个带刀的武官，一脸凶相，看看周围没有别人，只好自己渡他过江。当他把那人渡过江，又回过来正想离开时，岸上又有人叫喊渡人呐。土官抬头一看，仍是这个一脸凶相的武官，十分奇怪，只得再划一次。就这样，他不停地划船渡人，再也想不起寻找太阳头发的事了。从此，他天天在江里划来划去，变成了一个普通的船夫。

讲述：和大光

采录整理：祝发清　尚允豪

选自《山茶》

石门开

（山东）

早年间，在东海边上，有一个渔夫叫胡四。他从十岁多就出海打鱼，已经打了二十多年的鱼了。经他手打的鱼，堆起来真是比小山还高。可是，他的日子还是过得奇穷，不只是家里没有隔宿粮，就是连条小船、连张网也没有，他指望着去租财主家的船和网用。一年到头，水上来，水上去，辛辛苦苦，冒着风险打来的鱼，都跟了船和网去了。他又难过又生气。

有一天，胡四又到海里去打鱼，蓝光光的大海，风平浪静。他正在撒网，一只鸬鹚飞来了。黑油油的羽毛，绿光闪闪，只见它向下一落的工夫，就从海里叼上一条鱼来。胡四说道："鸬鹚，鸬鹚，你捕鱼还有那翅膀和弯嘴，我捕鱼没条渔船、没张网。"

鸬鹚好像懂得他的话，看样子很可怜胡四，它扑扑翅膀，飞到了船上头，嘴一张，一条金灿灿的鱼落到了船舱里，鱼尾巴拍得船板咚咚直响。

胡四走到跟前一看，鱼的眼里扑啦扑啦地往下掉泪。胡四很可怜它，就把它放回海里去了。金色的鱼翻了一下身，尾巴一摆，掉转身，头朝着胡四一连点了三下，才浮浮摇摇地向海中间游去了。

胡四一连下了三次网，却只打了很少的一些鱼。他心里十分着急，船主还催着要船租，老婆在家里还等着米下锅。胡四越寻思这个日子，越是觉得没法过，不由得愁得掉泪。他伸手擦泪的工夫，忽然听到身边有谁说话："好人呀，别哭了！"胡四一抬头，只见眼前站着一个白胡子老汉，手里拄着一根青高粱秸。

老汉又说道："亏你救了俺的孩子，你想要什么，我就给你什么。"

胡四想了好一会儿才说道："老人家，我要是能有一条好船和一张好网，每天欢欢乐乐地到海里去打鱼，回到家里，我和老婆都不愁吃不愁穿就好了。"

白胡子老汉点了点头。老汉说道："在沂蒙山有一个百丈崖，你和你老婆到那里面去过日子吧。"

胡四问道："我怎么能进去呢？"

老汉说："不用犯难，我有办法叫你进去。"说着把手里的那根青高粱秸递给了他。胡四接到手里，觉得沉甸甸的，凉森森的，看上去青光照眼。胡四心想：给我这个，有什么用呢？

老汉说道："你用它指着那百丈崖，就这么说：'石门开，石门开，受苦的人要进来。'可是你千万记住，进去以后不要起坏意，什么时候也不要扔掉青高粱秸。"

胡四心里很惊奇，他还想再问一问，老汉却忽然不见了。胡四拿着老汉给他的那根青高粱秸回了家。老婆见了，生气地说道："拿米拿面来，拿根青高粱秸来充不了饥，解不了渴，有什么用。"

胡四说道："你先别急呀！你成天价盼着自己有条船，有张网，这回咱真的不愁吃、不愁穿了。"他就一五一十地把遇到的奇怪事情都对老婆说了。

老婆却埋怨他道："你该跟他多要些好东西呀！"

胡四没有作声，他觉得自己只有她这么一个亲近人，万事都迁就她，也没和她争论。胡四把打来的鱼，收拾了两筐，一根扁担挑着，和他老婆两个人整整走了两天两夜，才走到沂蒙山下面的一个庄里。那个庄最多也就有个十几家子人家。有一个老妈妈坐在一家门口，胡四走到她跟前问道："借问一声，这里离沂蒙山百丈崖还有多远？"

老妈妈向西一指："往正西出去五里路，就是百丈崖。那里又没有人家住，你把鱼挑去卖给谁呢？"

胡四一想老妈妈的话也对，就说道："老大娘，我们到百丈崖去办一点事，先把这担鱼放在你这里。"

老妈妈的心地好，她说道："是呀，挑着它沉沉的，就放在这里吧。你们尽管放心，任凭放多久，也不能动你们一片鱼鳞。"

胡四就把鱼放在她那里，和老婆两个人向百丈崖去了。一出庄，走了不大工夫，就望见那百丈崖了。嘿，那真是个顶天立地的高崖。他俩到了跟前，抬头一看，白云盖顶，野鸟在半腰里飞。胡四用那青高粱秸，指着石崖说道："石门开，石门开，受苦的人要进来！"

说时慢那时快，胡四的话刚说完，山动地摇哗啦一声响，百丈高崖好像两扇石门，向两边分开了。

胡四和他老婆又惊又奇，眨眼的工夫，从里面走出一个媳妇来。那媳妇，眉似月，眼似星，怎么看，怎么俊。媳妇说道："看样子你是个勤快的好人，你要进来吗？"

胡四和他老婆忙说："是呀！我们要进去呀！"

胡四和他老婆走了进去，媳妇用手一指，门哗啦一声又闭上了。

媳妇问胡四道："勤快的好人，你要什么呢？"

胡四说道："我要是能有一条好船和一张好网，每天欢欢乐乐地到海里去打鱼，回到家里，我和我老婆都不愁吃、不愁穿，就好了。"

媳妇听了，笑嘻嘻地说道："勤快的好人，你应该过那好日子。"她说完，向东一指，果然在胡四的眼前出现了一个无边无际的大海，海水绿得像玉，平静得像镜子一样，眼看着从大海里升起了一个红光光的大日头，海面上立时红光闪亮。海岸上人来人往，媳妇指着一栋瓦房说："勤快的好人，这就是你的房子了。"媳妇又指着一条新船、一张新网说道："勤快的好人，这就是你的船，这就是你的网。"

胡四看看渔船和渔网，心里十分高兴。胡四老婆还想再跟媳妇要些别的东西，媳妇却忽然不见了。

胡四和他老婆住在高高的瓦房里，里面不冷也不热。铺的、盖的、穿的、用的，什么都有，只是没有多少吃的。胡四拿上好渔网，驾上新渔船，要出海去打鱼。西风刮了起来，渔船浮浮摇摇地漂到了海中间，风才煞了。绿光光的海水，透明丝亮，水里的鱼是数也数不清有多少样，刀鱼像银带，黄花鱼的肚皮黄，大鲅鱼脊梁青光光。胡四轻轻地撒下网去，一网一网的，打的那些鱼是没有数，舱满了，船也满载了。胡四想着回家去，东风又刮了起来，小船好像活了一样，溜溜地靠了岸。他拿这些鱼，换了一些米面来。

胡四按时去打鱼，每次都满载而归。就这样，也不知过了多少日子，因为那里的日头是从来不落的。可是胡四家院里的那棵老槐树，叶子却一会儿变黄，一会儿变绿，一会儿变黄，一会儿变绿。

胡四和他老婆两口子，真是不缺吃，也不少穿。可是胡四老婆却还是断不了咕咕哝哝，她说："你去跟那媳妇要些金子、银子给我，有吃有穿，我还要有放着的财宝。"

胡四老婆叫金银想红了眼，心也变狠了。有一次，她正想跟胡四吵架，胡四觉得老婆是最亲近的人，还是迁就她吧，便说道："走吧，咱们一起去找那媳妇，你愿意跟她要什么就要什么。"

胡四拿着那根青高粱秸，他老婆拿着两条大布袋，两口子就出门找那媳妇去了。找了也不知多少日子，因为那里的日头是从来不落的。可是路旁的白杨叶子，却一会儿变绿，一会儿变黄，一会儿变绿，一会儿变黄。到底胡四和他老婆在石门旁边找到了那个媳妇。

媳妇问胡四道："勤快的好人，你要什么呢？"

胡四觉得实在不好张口，他老婆却抢着说道："要金子、要银子，要银子、要金子。"

媳妇听了，没有作声，她向西一指，立时满地闪亮，白的是银，黄的是金。眼看着那红光光的大日头，就要落进黄金里面了。胡四老婆高兴得不得了，她手忙嘴也忙，催着胡四快快地拾金子、拾银子，拾银子、拾金子。

他们整整地拾了两大口袋金子、银子。日头落下去了，天就黄昏了，胡四心里犯了愁，他对老婆说道："谁知道这日头落下去，到什么时候才出来？黑乎乎的，咱怎么能找着咱家和咱的渔船渔网呢？"

胡四老婆欢天喜地地说道："找不着，也不用愁。我想，咱不在这里住了，这里面的人都有吃有穿，谁也不能听咱使唤。咱有这些金银，出去做个大财主，饭来张口，衣来伸手，你也不用再打鱼了。"

胡四听着老婆的话，很不顺耳，又想那绿玉样的大海，又想那新渔船和新渔网。可他老婆在他耳朵旁催得火，一想，她是自己的老婆，还是依随她吧。胡四和他老婆背着两大口袋金银，累得喘吁吁，到了石门跟前。胡四用青高粱秸指着石门说道："石门开！石门开……"他话还没说完，地动山摇的哗啦一声响，石门又向两边开开了。胡四和他老婆刚刚走了出来，立时地动山摇的一声响，石门又闭上，又变成了原来的百丈崖了。

两人看看日头，也不过是大半中午。于是背着两大口袋金银，顺着来时的路向放鱼的那个庄里走去。

金子银子把他们两个人压得通身淌汗，气喘喘的。胡四手里还拿着那青高粱秸，不知是什么缘故，那青高粱秸是越来越沉。胡四记着那白胡子老汉的话，还不肯把青高粱秸丢掉。他和老婆商议，想把金银丢掉一些。老婆却说道："咱有这么些金银，还要那青高粱秸做什么！"胡四又依随了老婆，他把青高粱秸顺手一扔，只听霹雳一声响，青高粱秸变成了一条青龙，腾空飞走了。

胡四和他老婆背着金银还是往前走，方向还是那个方向，看看却不像以前的样子了。他俩又走了约莫五里路，就到了放鱼担子的那个庄了，那庄却比从前大了不知多少倍，看上去少说也有几百户人家。他俩在街上看到一个人，就打听这是一个什么庄。那个人说道："这叫个酱鱼庄。"

胡四听了，又问道："为什么叫个酱鱼庄？"

那个人又说道："也不知是几辈子以前，那阵俺这个庄才十几家子人家，有那么两口子，放了一担鱼在这里；他两口子到百丈崖去了，再也没回来。日子多了，鱼霉了，霉得都成了酱，从那以后，俺这个庄，才叫个'酱鱼庄'。"

胡四惊奇地看着老婆，老婆也惊奇地看着他，两个人都还是那么个年纪，却实实在在过了几百年。他们两个又走了不多远，碰到了一个饭铺，胡四老婆觉得腿痛胳膊酸，又饥又渴，说："咱买点东西吃吧！"他们放下大口袋，想拿出块银子来，可是摸出来一看，是一块白石头；她慌忙再摸出一块金子来，一看，又是一块黄石头。摸出一块是石头，摸出一块还是石头，两口子还指望口袋底下能是金子，哗啦都倒了出来，黄石头、白石头满地滚，就是不见那金子影、银子星。

胡四和他老婆白瞪眼，扎撒了手。他俩还指望那石门能再开开，又跑回了百丈崖。可是已经没有那根青高粱秸了，胡四只得用手指着石崖说道："石门开，石门开，受苦的人要进来！"

胡四叫哑了嗓子，百丈崖还是不见动静。他一想到又要回去过那号穷苦日子，身子凉了半截。他越想越懊恨，越想越懊恨，一头向百丈崖碰去了。

胡四碰死了，胡四老婆放声大哭起来，不是自己起了那坏意，哪会到了这步田地。她懊恨加懊悔，也一头向百丈崖上碰死了。

第二天，日头还是从东面出来了，胡四和他老婆在黑夜里已经变成了一对深灰色的小鸟，抖着翅儿，在百丈崖周围，一面飞，一面叫："可懊恨死了！可懊恨死了！"

一月又一月，一年又一年，不管是冷冬三九，不管是三伏六月，无冬无夏，总是那样叫着："可懊恨死了！可懊恨死了！"

天长日久，当地的人给它起名叫"懊恨雀"。

直到如今，虽说酱鱼庄又叫成蒋峪，这懊恨雀还在沂蒙山百丈崖周围叫着："可懊恨死了！可懊恨死了！"

搜集整理：董均伦　江　源

选自《聊斋汉子》

一钱发家

（浙江）

从前有个穷光蛋，名字叫周二，他的裤子破了好几个洞，也没钱做条新的。

有一天，一个远房舅爷骑马来看望他，带来一大壶酒和一大袋香花生米。周二家里还有半升米，他煮白米饭招待舅爷。可是木凳子全断了腿，两人只得盘腿坐在地上，你一杯，我一杯，喝干了舅爷带来的那壶酒，把香花生米也吃得一粒不剩。

那周二醉了八九分，突然站起身，把酒杯子摔了个粉碎："嘿，我周二就是没有本钱，但凡有一个钱，也不会这样半死不活过穷日子！"

那舅爷也喝得醉醺醺，当即从衣兜里掏出来一个铜钱，哐当一声摔到地上，铜钱滚了两圈，骨碌碌滚到床底下去了。

"周二，你这混账东西，就算给你钱，还不是照样过穷日子？"

甥舅两个又笑又骂，酒足饭饱，倒在炕上，美美睡了一夜。

第二天清晨，舅爷骑上马走了，他住在很远的另一个墟镇。

那周二浑浑噩噩又过了半年，依旧日日游手好闲，没饭吃时，就去帮人家做短工挣点柴米。快过年了，他也学着别人家的样子，一大早起身洒水打扫房屋，没想到，扫帚伸入床底下，叮一声响，扫出来一个铜钱。

他突然想起舅爷来的那一天，想起他自己说过的话："嘿，我周二就是没有本钱，但凡有一个钱，也不会这样半死不活过穷日子！”又想起他舅爷的话：“你这混账东西，就算给你钱，还不是照样过穷日子？”

想到这里，周二丢下扫帚，拿那铜钱跑到街上。街上热热闹闹的。因为要过年，有人在卖洗脸水，一个铜钱一盆热水，热水旁放着清香的南方柚子叶。

周二灵机一动，拿那个铜钱买了一盆热水，把自己干干净净洗起来。

洗清爽了，周二对老板说：“老板，不怕你笑话，今年我没挣到钱，家里人都好几天没洗脸了，你这盆热水就让我端回家，给他们也洗洗干净。”

老板见他说得蛮可怜，就答应了。

周二急忙端起面盆往家跑。其实，他哪里要那盆洗脸水呢？他想要的是那个洗面盆。那会儿，洗面盆是用铜造的，拿到当铺去，能值几个钱。

周二拐进一条小巷，把热水倒掉，拿那洗面盆去到一家当铺：“老板，我家里急用钱，这个面盆暂时押在你这里。你先借我半吊钱，晚上我再来取回面盆，本息照算。”

老板拿个小锤子敲面盆，那面盆发出好听的当当声——面盆铜质蛮好，半吊钱只借一天，这生意当然不会折本。于是他爽快地取出半吊钱，交给了周二。

周二拽着那半吊钱，跑到墟上去，买来五升饱满的大黄豆，跑回家用水浸上，浸好了捞起来，用他老爹留下的大石磨磨起来，很快做成两板水豆腐。他挑了水豆腐到街市上，大声叫卖：“卖水豆腐，新鲜现磨的水豆腐啰！”

话说那个墟镇没有豆腐店，人们自家里偶尔做点豆腐干，从年头到年尾，很少有机会吃新鲜的水豆腐，而周二卖豆腐的那个时辰，正是每家每户准备烧晚饭的时候。听到周二叫卖豆腐，好多人从厨房跑出来，围着周二，抢着买他的豆腐。

不一会儿工夫，两板水豆腐全卖光了，一块也没剩下。

天还没黑，周二坐在晚照里，数那水豆腐卖得的钱，除去买大黄豆的半吊本钱，净赚了两吊，还多出来几十个铜子。

周二拿衣袖抹干汗水，高高兴兴拿半吊钱去当铺，赎回了那个面盆；又高高兴兴拿面盆到街上，还给那个卖洗脸水的老板："哎呀，真对不起，我们穷人事情多，刚才有点事，一耽搁就是大半天，差点儿忘记来还面盆了。这个铜钱，就当是租金吧！"为了感谢老板，周二还多付了一个铜钱。

老板见他诚恳，也很客气："不要紧，谁没个要紧事儿呢！"

那会儿天还没黑透，卖黄豆的店还没关门。周二又到那店里，用挣来的钱买来十五升黄豆，拿回家去浸了一夜水。第二天他摸黑起身磨豆腐，大清早就磨成六板水豆腐，挑到街市去，不到一盏茶工夫，又卖光了。他这回挣得八吊钱，又还多出几十个铜子。

从那以后，周二有了买豆的本钱，就专门做起豆腐生意来。他勤快节俭，慢慢积蓄了一小笔钱。过了三个月，他买回来两只小猪崽儿，用豆腐渣喂大了。不久，猪婆生下一窝猪崽儿，周二拿去市上卖，又得到一笔收入。

就这样，不到三年，周二就发家致富了。

到第四年冬天，快要过年的时候，他一口气做了十件新衣裳、十条新裤子，娶回来一位漂亮贤惠的新娘子。新婚喜宴那天，周二专门请来那位远房舅爷，让他坐在长辈的位子上，向他敬茶、敬酒，多谢他当年一个铜钱的馈赠。

本篇选自一苇述《中国故事》一书。由作者参照浙江民间故事及相关故事改写而成。

百 鸟 衣

（广西·壮族）

从前，在远离横州城的一个山村，有户贫寒孤苦的人家姓张，生了一个儿子名叫亚原。亚原不满一周岁，父亲去世了。家里无田无地，靠母亲替人做针线活挣点钱，日子过得很凄苦。

亚原长到十二三岁时，母亲双眼有病，做针线活慢，收入减少，生活越来越困难。亚原上山打柴挑到圩场上卖，帮补家里生活。

有一年春末夏初，连绵不断下雨，山路被雨水冲断了。亚原不能上山打柴卖，粮食也快吃完了，母子两人困在家里发愁。亚原想改行做小生意，母亲发愁没有本钱。

“妈，做油堆[①]卖，老人小孩都爱吃，晴天雨天都可以做，花的本钱也不多。我想好了，可以到二叔家借点钱做本，二叔是会答应的。”

母亲点头同意。亚原到二叔家借得三百文钱，到圩上买回油、糖和糯米。第二天早上，母子二人动手做油堆。做好了，亚原用箩筐装好，挑到圩上的学堂去卖，一担油堆不一会儿就卖光了。

亚原挑着空箩筐回家，来到桥上，见一只公鸡喔喔叫着，在桥上来回走着向他点头。亚原对鸡说：“鸡呀鸡，你叫什么？谁是你主人就跟他回去吧！”那公鸡听了，大叫三声，一下跳进箩筐里，让他挑

---

① 油堆：用糯米粉制的油炸食品，民间又称“油炸”。

回家。

亚原一走进家里，对母亲说："妈，你快来看，一只大公鸡跳进我的箩筐，跟我回来啦！"

母亲过来一看，一只大公鸡两眼定定地望着她。母亲说："不是自己的东西，不能乱要，你明天一早把这鸡送回原处去。"

第二天一早，他依了母亲的话，将公鸡挑上桥头放了，说："鸡呀鸡，谁是你的主人就回到谁家去吧！"说罢，挑起空箩筐转回家。不料还未跨进家门，公鸡已先来到家里喔喔啼开了。一连两天，都是这样。母亲觉得奇怪，第三天亲自把鸡抱着送到桥上放下，说："鸡呀鸡，去吧！我不是你的主人，不能把你收留。"哪知刚回转家门，公鸡又已在家里了。亚原对母亲说："妈，我们就养下它吧。等它主人来找，再还给人家也不迟。"母亲觉得也有道理，没再说什么。

过了半年，那大公鸡忽然变成一个美丽的姑娘，和亚原结成了夫妻。婚后，两人恩恩爱爱，油堆生意越做越红火。一家三口的生活越过越舒坦。一天，姑娘对亚原说："从明天起，我们不用做油堆小生意了。我们要在圩上租间大铺面，做大生意。"

第二天，他依着姑娘的话，在圩上街中心看中一间铺面，和房主人说妥三百两银子一年租金，又按姑娘吩咐，找匠人做了"亚原货店"的招牌。

第三天，鸡叫三遍，铺面大开，招牌高挂，铺门两边红纸金字写着：

大官家百货无，
小亚原逢货有。

姑娘一声"开张"，鞭炮毕毕剥剥响起来。昨夜有一个新科状元刚从京城到广西来做官，路过这圩镇，天晚找了一间旅店歇下了。清早醒来，听见鞭炮声，问旅店主人外面做什么这样热闹。店主人回答是张亚原今日店铺开业。

状元带随从出来看热闹，见了货店大门两边的对联，心想我走过全国许多大城镇，连皇城在内，做生意的也不敢写这样的对联，这个穷乡小店，竟敢开这样的大口。他再走前几步，往铺里一看，几个笑眯眯的人坐在里面，什么货物也没有，空空荡荡。

状元派了十多个卫兵到亚原货店买货，说："老爷要买一千把雨伞，钱多少不论，限明天交货！"亚原正愁没法按时交货时，姑娘叫他放心，回答买主："一千把雨伞要一百两银子，明天一定要来取货，不要失信。"

第二天卫兵带来一百两银子，取走一千把雨伞，式样和质量都非常好。状元没难倒亚原货店，又叫卫兵来买一千双鞋子，规定每双长度不许一样。亚原正愁没法办到时，姑娘叫他放心，答道："照办，包客人满意。"

第三天卫兵带来银子，买走一千双鞋子，回去用尺子量了，果然每双长度都不相同。状元没难倒亚原货店，叫卫兵来买一千只鸟，每只重量都要刚好一斤，还要只只都是雄鸟。亚原正愁更难办到时，姑娘叫他放心，答道："照办，包客人满意。"

第四天卫兵带来银子，买走一千只鸟，回去一看，只只都是公的，用秤一称，不多不少都是一斤重。状元三难亚原货店都难不倒，对方交货如此神速，提的苛刻条件样样办到，他感到十分奇怪，就问旅店主人。旅店主人说："张亚原有一位美丽的妻子，聪明能干，又会画画。她用笔在纸上画什么，像什么，就变成什么。莫说买三样，就是买一百样一千样，也能给你的。"状元听了，不觉心里一动：将这位美丽姑娘献给皇上，皇上一定满意，还愁我不官上加官！

状元主意已定，派了十多个卫兵强抢亚原的妻子，临走时她对丈夫说："我的身子能抢走，我的心不能抢走，这仇将来一定要报。你要记住，等我走了以后，你造一副弓箭，天天到山林打鸟。打够一百只，将鸟的羽毛拔下来，做成一件衣服。还买一面鼓和一面锣，逢圩过圩，逢市过市，击鼓打锣，舞着百鸟衣直奔京城。到了京城你就能见到我，到那时我们的仇就能报了。"话说到这里，美丽姑娘被抢走了。

亚原依照妻子的话，造好了弓箭，不管天晴下雨，天天到山里打鸟，打满三年，整整打够一百只。每打得一只都将鸟毛统统拔下来，一百只鸟的羽毛做成了一件毛茸茸的五彩斑斓的羽毛衣。又到圩上买一面鼓和一面锣。一切准备妥当，他穿起百鸟衣，往京城走去。逢山过山，逢水过水，走了几个月，到了京城，敲鼓打锣，在街上舞着走来，轰动了京城。满街的人跟在后面看热闹。

再说姑娘被状元献给皇帝后，三年也不和皇帝说一句话，整天愁眉苦脸，对任何人也不曾露过笑容。可是皇帝却越看越觉得她是难得的漂亮姑娘，想尽办法使她高兴。这一天，她远远听到锣鼓响，知道是亚原来了，便邀皇帝一起站到宫楼上，乐呵呵地对皇帝说："你看下面街上舞鸟衣的人多好看啊！"用手指着下面，脸笑得像花开一样。皇帝见姑娘这样笑盈盈地对自己说话，心里十分高兴，传旨把舞鸟衣的人带进宫里来。

亚原身着百鸟衣，一下击鼓，一下打锣，卖力地跳呀舞呀进宫来，引得姑娘笑得合不拢嘴。皇帝好不喜欢，问道："小伙子，你怎么会使我的爱妃这样欢乐？"

亚原说："我穿的是件神衣，一穿上，姑娘见了就欢心啦！"

皇帝说："你的神衣要多少钱，脱下来我买了。"

亚原说："不卖不卖。皇上要穿，我脱下来和你的龙袍换穿一下吧。"

皇帝一心想讨美丽姑娘的欢心，当即把龙袍脱下给亚原，换穿上百鸟衣，见美丽姑娘笑，也笑着舞了一阵。可是越舞越觉得百鸟衣将自己紧紧箍住，很不舒服。想要脱下，却无论如何也脱不下来。那皇帝越急，越用力扯，百鸟衣越箍得紧。这时，姑娘突然大声呵斥道：“这是哪来的怪物？来人哪！快给我打！”太监、宫人一齐拿了木棒闯进来将穿百鸟衣的皇帝一阵乱打。皇帝满地打滚，化作山鸡飞向山林去了。

亚原脱下龙袍，和妻子双双转回家乡。

讲述：韦世族

翻译整理：曹廷伟　洪志琪

选自《中国民间故事集成·广西卷》

张百中

（湖北·土家族）

从前鄂西有个姓张的小伙子，靠打猎养活瞎眼妈妈。枪一响，不管天上飞的，地下跑的，百发百中，乡亲就叫他张百中。

一天，他上山打了些野物，到集上卖了一吊二百钱。回来从漩水潭过河，见一个老头钓得一条金色大鲤鱼，便把身上的钱摸出来买下了这条鲤鱼，打算提回去孝敬妈妈。一看，鲤鱼眼泪长流，怪可怜的，就把它放回潭里。鲤鱼摇头摆尾地游进深处，转眼就不见了。回到家里，妈妈问他打到了什么野物，他也没作声，把桶底的米抹起来煮了餐夜饭吃。第二天大清早又赶紧上山。

哪晓得在山上大半天，也看不见野物的影子，只好闷闷不乐地赶回家来。一进门，就见一个姑娘手脚麻利地正给他家烧火做饭，他好生惊奇。姑娘见张百中进屋，一下跳进了灶旁的水缸。张百中走到水缸边一看，哪有人影？只见一条金色鲤鱼在水里游动。张百中问："你是什么怪物？"只见白花花的缸水哗啦啦直往外翻，接着从水里现出一位姑娘来，羞答答地站在他面前。张百中问："你是哪家的姑娘？"姑娘说："我是龙王的三女儿，你昨天在漩水潭救了我的命，我特来报恩的！"张百中听了，心里一块石头落了地，高兴地说："那好，你就做我的亲妹妹，留在我家服侍老母，我再上山打猎也就放心了。"姑娘说："你明儿不要上山打猎了，今晚我们要盖新屋住哩！"当晚，龙女搬动漩水潭龙宫里的虾兵蟹将，先把多年沉落在乌鸦滩水里的木料，搬运到自家院里来，接着砌砖盖瓦，起屋上梁，叮叮当当，闹闹哄哄，直到鸡叫。天亮时姑娘站在门外喊："妈，百中哥，快起来搬家呀！"张百中爬起来到后院一看，一栋青砖大瓦屋就立在眼前。他们搬了进去，吃的用的一应俱全。张百中照常上山打猎，日子越过越好，再不像从前那样，吃了上餐愁下餐、过了今日愁明日了。

县官听说山里出了稀奇事，上张家来看热闹，一见龙女就起了歹心。他见屋里挂着弓箭火枪，就问张百中这是干什么用的。张百中说："那是我打猎用的。"县官看见一笼大麻网子，又问这有什么用处。张百中说："那是掇活野物用的。"县官说："活野物你也会捉？那好，明日给我捉三十只活老虎，后天一大早送来。"说完就和几个差人走了。张百中急得唉声叹气，对姑娘说了。姑娘说："不要急，我自有办法。"她叫张百中上街买来三十张纸，自己扯一根丝茅草做笔，蘸上米汤，画了三十只老虎，叫一声"站起来！"三十只纸老虎一下变得活蹦乱跳。张百中骑在其中一只大老虎身上，领着一队老虎，像一阵暴发的山洪涌进县城。他在衙门口喊县老爷出来收虎，接着三十只老虎一齐大叫了三声，震得山摇地动，县官衙役的耳朵嗡嗡作响。县官吓得浑身打战，忙说："不要放老虎进来，看到了就是。"张百中领着老虎往回走，说了声："归山去！"三十只老虎都钻进了山林。

县官派人传话，又限张百中于三日之内捉三十条龙送到大堂，办不到就要重重治罪。姑娘知道了，叫张百中上山连蔸挖三十根金竹来。她在每根金竹上喷了一口水，说声"变！"金竹都变成一丈多长水桶般粗细的活龙。张百中骑着一条大龙领头，夹带着狂风暴雨，一早来到县衙门，他请县老爷来收龙。一挥手，三十条龙在大堂上打三个翻身，只见堂上平地起水，波翻浪涌。县官吓得牙齿打架，说不出话来，只说："快收！快收！见到就是了。"张百中一挥手："归海去！"三十条龙立刻腾空飞得无影无踪。

县官不死心，过了几天又带着一帮衙役来到张百中家看动静，一心想找个由头霸占龙女。瞎眼老妈妈怨恨不过，随口说了声："真是一伙窝罗害[①]啊！"县官找到了由头，便下令张百中三天内交出一只"窝罗害"来。要是交不出，就用姑娘抵。张百中对龙女说："这是老百姓嘴里的一句俗话，世上哪里有什么'窝罗害'！"姑娘说："我来做一个'窝罗害'！"她叫张百中编了一个像猪样的篾篓子，又从街上买来硝石，砍下五倍子树烧成火石炭，放进硝石拌成火药，塞进篓子，口上塞满稻草和棉花，外头用纸糊得花花绿绿。然后叫张百中背着它去见县官，交代他怎么跟县官讲话。到了县里，县官问："你是来交'窝罗害'的吗？"张百中把背上的篾篓放在大堂上说："这就是'窝罗害'！""它吃什么，有什么用？""它每天吃棉花，吃稻草。七天在地下打一次滚，能吐出七色花树，树上结仙桃，人吃了长生不老。晚上它要睡在三千斤稻草里，用三百斤棉花做枕头。要是第二天早上它不想吃草，得先给它抽两口烟。"县官听了真的以为得到一个稀世宝贝，马上弄了三百斤棉花和三千斤稻草安顿"窝罗害"睡觉。第二天大清早见它还不开口吃草，就来点火让它吃烟。哪知"窝罗害"突然轰的一声爆炸开来，大堂上火光冲天，连人带房子烧得一干二净。

从此再没有人上门欺负张百中和龙女了，他俩结成夫妻，过上了美满日子。

讲述：兴　顺

搜集整理：田诗学

选自刘守华编《绿袍小将》

---

① 窝罗害：害人精之意。

聪明的姑娘

（新疆·维吾尔族）

相传，古时候有个名叫贾拉力丁的农民，他只有一个独生儿子，名叫卡玛力丁。随着日月的流逝，儿子渐渐长成了大小伙子。

贾拉力丁老头儿想给儿子娶个媳妇。一天，他唤儿子到面前说道：

“儿呀，如今你已经长大了，在我还活着的时候，你应该学会独立生活。为此，我先吩咐你去干一件事，看看你会干不会干。你去从你放的羊群里牵一只羊到城里卖掉，用卖来的钱买上一些肉和馕，然后把山羊仍然牵回来。”

卡玛力丁牵了只山羊往城里走去。路上，他思来想去，觉得这事很不好办。他来到城里，走遍了市场，都无法完成父亲交给他的任务。他又不好意思把父亲的话告诉别人，向别人请教。回家去嘛，又怕父亲责备，说他傻瓜笨蛋。小伙子正无精打采、一筹莫展地在街道巷口痴呆呆地站着时，一家大门里走出来一位姑娘，望了望他，问道：

“喂，小伙子，你的山羊是不是卖的呀？”

卡玛力丁一看是个非常漂亮的姑娘，顿时显得很尴尬，手足无措，不知如何回答是好。他愣了一阵，才心慌意乱地说道：

“是卖的。哦，不，不卖！”

姑娘听了，禁不住扑哧一笑，说道：

“你的话咋前言不搭后语呀！看来你有难处，是吗？”

姑娘这么一问，卡玛力丁觉得她不仅是个漂亮的姑娘，而且心地也很善良，大概她有意给自己出个主意，于是把父亲吩咐他干的事，一五一十告诉了姑娘。原来她是位非常聪明机智的姑娘，名字叫努尔贾玛丽。她忍住笑说道：

“我来指点一下你吧！你先把山羊的毛剪下来，把羊毛打成绳子卖掉，用卖来的钱去买上馕和肉，仍然把山羊拉回去，不就得了吗？走，把山羊牵到我家去，我帮你剪羊毛、打绳子。”

卡玛力丁听了，头脑里这才开了窍。他高兴得不知道说什么是好，一面口口声声感谢姑娘，一面把山羊牵进她家。

姑娘帮助小伙子剪下羊毛，打成绳子。卡玛力丁把绳子拿到市场上卖掉后，买了些馕和肉，又牵着山羊欢欢喜喜地回到家中。父亲高兴地问道：

“孩子，这主意是你自己动脑筋想出来的，还是别人告诉你的？”

儿子把事情的经过，如实告诉了父亲。

贾拉力丁老头儿对姑娘的聪明才智打心眼里佩服，一心想娶这位姑娘做他的儿媳。他马上聘请了媒人去给儿子说亲。经过媒人的撮合，姑娘的父母答应把女儿嫁给卡玛力丁。接着，举行了一个热热闹闹的婚礼，卡玛力丁便跟努尔贾玛丽结了婚，组成了幸福的家庭，生活过得很甜蜜。

结婚后一个月，卡玛力丁要到很远的地方去做一次长途旅行。原来努尔贾玛丽还是位技艺高超的画家呢。她发觉卡玛力丁恋恋不舍地不愿跟自己分离，便在一块白绸子手帕上精心画了一幅自己的像，交到丈夫手中，叮嘱说：

“你外出想起我的时候，看看这幅像，就会像见到我一样高兴。”

卡玛力丁小心翼翼地把妻子的画像带在身上，起程出发了。他风尘仆仆地行走了一个月后，一天，他掏手帕想看看妻子美丽的容貌时，突然刮起了大风，把他手中的手帕刮走了。狂风卷着手帕，刮呀刮呀，一直刮到供国王游览憩息的花园里，手帕落在一棵枫树上，被树枝挂住了。

当日下午，国王去花园散步时，看到枫树上挂着一条洁白的丝手帕，感到奇怪，取下一看，手帕上画着一位容貌比太阳和月亮还艳丽的美女。国王眼馋馋地望着望着，顿时神魂颠倒起来。

这个国王横行霸道，残酷地盘剥百姓。人民被繁重的苛捐杂税压得喘不过气来。他每天都要娶一个妻子，过着荒淫无度的生活。

过了一阵，等他的神志清醒过来后，他唤来卫士，展开手帕让他们看，并且命令道：

"限你们三天内把这个美女找来，若找不来，就绞死你们！"

卫士找遍全城，第三天才找到了努尔贾玛丽，将她带回王宫。努尔贾玛丽日夜思念自己的丈夫，眼泪流个不停。国王为了讨取她的欢心，组织了各种各样能使她开心的娱乐活动，可努尔贾玛丽照样愁眉苦脸，不露笑容。

再说卡玛力丁，他的丝手帕被风刮走后，便离开商队的行列，朝风刮去的方向追去。他为了寻找丝手帕，长吁短叹地行走了漫长的路程，吃尽苦头，终于来到了一个城市。他听到城里的人们在纷纷议论一条画有美女像的丝手帕的事，从旁问了问，才知道自己的妻子努尔贾玛丽已被国王抢进王宫。卡玛力丁气坏了，他愤慨不已，一心想闯进王宫，杀死国王，砸烂宫殿，将王宫闹个天翻地覆，救出努尔贾玛丽。最后他找到了一位能出谋划策的老太太，把自己的遭遇和想法原原本本告诉了她。老太太对卡玛力丁说：

"孩子，莽撞从事会丧失你的生命的呀！这个国王残暴无情，是个杀人不眨眼的暴君，他毫不同情、怜悯百姓。我给你出个主意，你买些针线、香粉、木梳、篦子，把自己装扮成商贩，去到王宫前面叫卖。努尔贾玛丽听到熟悉的声音后，就会知道是你来了，会想方设法跟你接近的。你们可以商量好，从王宫里逃跑出来。除此，再无别的办法。”

卡玛力丁照老太太出的主意办了，来到王宫门口，大声叫卖起来：

“卖香粉哩！卖木梳哩！……”

努尔贾玛丽听到这熟悉的声音，唤过来一名丫鬟，吩咐道：

“去给我买一盒香粉来。”

丫鬟走出王宫来买香粉时，卡玛力丁问道：

“你是给谁买的呀？”

丫鬟回答说：“给国王的夫人努尔贾玛丽买的。”

卡玛力丁乘丫鬟不留神的时候，乘机把事先写好的一封信装进粉盒里，交到她手中。

努尔贾玛丽打开粉盒一看，里面装着一封信。她悄悄地看了，原来是丈夫卡玛力丁写给她的，顿时心里十分欢喜。可是，她没有把这个秘密告诉任何人。一天，她写了封信，通过贴身丫鬟送到丈夫手中。信上是这样写的：

“亲爱的，我的心肝！下星期一夜间，您骑匹马来王宫墙后处等候我。待人们熟睡后，我揪着绳子顺着墙滑下来，逃脱国王的魔掌。”

到了约定的日子，卡玛力丁备好马，等到日落黄昏，骑马赶到王宫墙后，站在墙角下等候努尔贾玛丽。他手里攥着马缰，等着等着，竟然坐在地上睡着了。这时，突然溜过来一个强盗，夺下马辔，要跨上马逃走时，忽见顺着宫墙滑下来了一个姑娘。他立刻把姑娘扶上马，两人一前一后骑在马上，催马跑开了。跑啊跑啊，到了天蒙蒙亮时，努尔贾玛丽一看，马上骑的并不是自己的丈夫，而是一个强盗。她刚逃出虎口，又落入强盗手中，不知如何是好。强盗把努尔贾玛丽带到自己家里，关在一间房子里。

一天，努尔贾玛丽乘强盗外出行盗的机会，女扮男装，从强盗家中逃出。她快来到一个邻国的城市时，看到好几千人拥拥挤挤地站在一起，抬头望着天空。努尔贾玛丽觉得奇怪，抬头一看，只见一只飞鸟在天空盘旋。她走过去向人们鞠了一躬，问道：

“出什么事啦？你们都在这儿干什么呀？”

几个老百姓说道：

“城里的国王死啦。天上飞的鸟儿落在谁的头上，谁就是国王。人们都来这儿碰运气哩……”

话还没有讲完，那只鸟在天空盘旋了几圈，就飞来落在努尔贾玛丽的头上。人们顿时“呜啦！呜啦！”地呼喊起来，到她面前，向她表示祝贺，并簇拥着她来到王宫，请她登上王位。

一天，努尔贾玛丽画了张自己穿妇女衣裳的像，吩咐卫士贴在王宫门口，并命令说：

“谁要是看了这张像哭或者笑，都把他带进王宫里来！”

一天，一个骑马的人经过王宫门口时，望着门上挂的女人像，放声哈哈大笑起来。卫士立刻把他带进王宫。努尔贾玛丽一看，这人原来是抢她到王宫的那个国王，命令武士立刻把他投入监狱。过了数日，王宫门口又走过来一个人，他望着画像嘿嘿笑了笑。卫士立即把他带进王宫。努尔贾玛丽一看，是那个强盗，命令把他也关入监狱。

过了许多日，又走过来一个人，望着王宫门口的像，竟哭起来了。卫士把他带到王宫，国王努尔贾玛丽一看是自己的丈夫卡玛力丁，便命令把他单独关在一间房子里。

第二天，努尔贾玛丽吩咐，把全京城的人统统召集起来，她登上楼台，对武士命令道：

“把牢狱关押的两名罪犯带出来，处以死刑！”

武士立刻把两名罪犯五花大绑，带到刑场，送上绞架活活吊死。人民听说被处死的一个是邻国残暴的国王，一个是无恶不作的强盗，无不高兴得拍手称快。

努尔贾玛丽国王又命令把被关着的卡玛力丁带来。她摘去头上的王冠，脱掉身上的王袍，对民众们讲述了自己的苦难遭遇。民众们见国王披着一头浓密乌黑的头发，穿着一身艳丽的女装，方知她原来是一个了不起的英雄女子，十分敬佩她的聪明才智，并祝贺他们夫妻团圆。最后，国王提出要跟卡玛力丁返回自己的家乡去和父母团聚，可是民众们怎么也不答应。根据民众的要求，卡玛力丁当了他们的国王。从此，卡玛力丁和努尔贾玛丽公正地管理着这个国家，人民过着幸福的日子。

讲述：赫利力·斯板尔

搜集整理：买买提·尼牙孜

选自《新疆民间文学》

同路青年

（新疆·哈萨克族）

一个老人在归家的途中结识了一个青年，他们结伴同行。半路上，太阳烤得人火烧火燎的，戈壁滩上连一棵遮阳的树都没有。两个人骑在马上浑身冒汗。青年对老人说："老大爷，请您把这漫长而又荒凉的路缩短些好吗？"老人心想："这个青年人真糊涂，我既不是神仙，又不是魔鬼，怎么能把路缩短呢？"老人心里不高兴，没有理他。

走了一阵，青年又说："老大爷！您看天这么热，咱俩走得又热又渴，请您在马上烧茶喝行吗？"老人心想："真是越说越不像话了，我活了这样大的年岁，还从没听说过有人能在马背上烧茶的。"老人低着头还是没理他。

两个人走到中午，眼看快到河边了。青年说："老大爷，马也太乏了，咱们把马丢到河边去，换两匹好马骑吧！"老人这时忍不住生气地说："瞧你这个人，看起来挺聪明的，可说的尽是些傻话。这荒郊野外，谁能给你送马来呢！"青年笑了笑，又继续往前走。

过了河，迎面来了一群人，其中有两个人抬着一具死尸。这时青年问老人："老大爷，这个人是已经全死了，还是只死了一半呢？"老人一听，气得胡子都直了，瞪着眼睛说："你也好好睁开眼睛看看，死人身上都缠上白布了，难道还能有一半是活着的吗？"青年没有回答，又继续跟着老人赶路。

走着走着，青年看见路两旁麦地的麦苗绿油油的，又对老人说："老大爷，我还要问问您，这些麦苗是已经被人吃光了呢，还是没有吃呢？"老人这时叹了一口气说道："唉！可怜的愚笨的孩子啊！这地里明明长着麦苗，怎么就会被人吃光了呢？这真是从来也没有听过的事。你岁数太小呵，还什么也不懂得呢！"正说着，又来到一个小河边。老人说："过了这木桥不远，就到我住的阿吾勒了，今晚你到我家去住吧！"青年说："不！老大爷，谢谢你，我今晚就在这桥边过夜，您快回家去吧！"老人只好自己走了。他刚走了不远，青年又把老人叫住问道："老大爷，您家里都有些什么人？"老人说："我只有一个女儿。""那您在进门之前最好先问一声'谁在家？'然后再进去。"老人答应一声就走了。

老人回到自己的毡房门口喊道："谁在家？"这时毡房里回答道："爸爸，我正在洗澡，请您等一会儿再进来吧！"老人下了马，卸了马鞍，坐在羊圈旁，心想："我和这个青年走了一路，听了他一路糊涂话，只有这最后一句话，还说得不错。我要是不问一声，该多不方便呀！"这时姑娘出来了，梳洗得比十五的月亮还漂亮，笑吟吟地把老人接进屋里，跟着就赶紧烧起茶来。

老人坐在丝尔马克①上，一边脱靴子，一边对女儿说："我和一个年轻人走了一路，也生了一肚子气。"姑娘问："生什么气呀？"老人说："这小伙子看起来倒挺聪明英俊的，其实却是个傻瓜。他在路上让我把路缩短，你说说看，我既不是所罗门②，又没有摩西的手杖③，怎能把路缩短呢？"姑娘说："您为什么不给他讲故事呢？要是

① 丝尔马克：哈萨克语，即花毡。

② 所罗门：民间传说中的圣人，有很大法力。

③ 摩西的手杖：民间传说中的圣人的手杖，有很大魔力。

一边讲着故事，一边走路的话，路虽然长，不是不知不觉地就缩短了吗？”

老人又说：“走了一会儿，他又叫我在马上给他烧茶。这该是从来也没有过的事吧！”姑娘笑着说：“您给他吃点纳斯不就行了吗？纳斯不是也能止渴吗？”老人只好接着说：“算你说得有理。可是走到河边，他又叫我换匹好马。你想，在那没人的地方怎么会有别的马呢？”姑娘说：“他不是叫您真的换一匹马，是叫您把马放到河边去饮饮水、吃点草，休息一下再走，不就是把乏马换成好马了吗？”老人点了点头，还是不服气：“后来迎面抬来了一具死尸，他却问我：‘这个人是已经全死了，还是只死了一半呢？’这不是胡说又是什么呢？”姑娘说：“爸爸，这青年问的是死人有没有后代。如果有的话，就说明只死了一半，死人没有做完的事业，可以由他的后代继续完成。如果没有后代的话，那才是全死了呢！”

老人嘘了一口气，最后说道：“他见了刚刚出苗的麦地，却问我麦子是不是已经被人吃光了，你说说，这是怎么回事呢？”姑娘想了一下说：“他问那块地的主人是不是个穷人。如果是穷人的话，去年秋天打的粮食，这时已吃光了。麦子刚刚出苗，只好向巴依去借粮食，等到秋天麦子黄了，打下来再还给巴依。这不就是把刚发出苗的麦子提前吃光了吗？”老人听了，半天低头不语。姑娘又说：“爸爸，俗话说，活的岁数大，不一定知道得多；走的地方多，才能知道得多。依我看，那个青年人倒是个聪明人呢！”老人想了一会儿，点了点头。

姑娘又接着问道：“他今晚住到什么地方了？您没有让他到咱家来吗？”老人说：“他住在阿吾勒前边的小桥旁。你烧好了茶，找个人给他送去。”姑娘烧了一壶加了胡椒的奶茶，拿了一个圆圆的馕，在馕上面厚厚地抹了一层奶油，叫邻居一个小孩给送去。小孩临走时，姑娘嘱咐说："你把这些东西，送给小桥旁的那个年轻人，并对他说——

清清的湖水，
变成乳白色。
圆圆的月亮，
被厚云遮着。
美丽的花儿，
这里只有一朵。"

小孩答应了一声，飞快地跑了。半路上不留神，摔了一跤，奶茶洒了一半。小孩又贪吃，走着走着把馕又吃了多半个，奶油也剩下薄薄的一层了。小孩来到小桥旁，把吃的东西交给了青年，又把姑娘嘱咐的话说了。年轻人吃了馕，喝了奶茶，对小孩说："请你回去替我谢谢姑娘，并对她说——

乳白色的湖水，
快要干枯了。
十五的月亮，
变成初一的月牙儿。
勤劳的蜜蜂，
还没飞到花儿身旁。"

小孩回到阿吾勒，又把青年的话告诉给姑娘。姑娘说："你太淘气了，为什么路上洒了奶茶，又偷吃了奶油和馕呢？"小孩吐了吐舌头，奇怪地想：她怎么会知道呢？姑娘又说："罚你再去一趟吧，就说，我爸爸请他到我家来做客，还有话要和他说呢！”于是，青年来到了姑娘的家。后来，有人说，他俩结成了阿吾勒里最让人羡慕的好伴侣。

翻译整理：常世杰

选自《哈萨克族民间故事》

三句话

（新疆·哈萨克族）

从前有一个巴依，他有一个儿子，每天放牧马群。一天，这个小伙子正在放马的时候，来了一位老人对他说："年轻人，如果你能送给我一匹牡马，我可以教给你三句珍贵的话。"小伙子说："好吧，我送给您一匹马，请教给我三句话吧。"

老人说："年轻人你要记住，当你饮过井水之后，不能再朝井里吐口水；早晨的饭一定要吃饱；当你右手要去打人的时候，左手一定要去阻拦。"年轻人牢记住老人的话，给了老人一匹牡马就回家里了。他一进门，巴依就问他："孩子，咱们的马群平安无事吧？"年轻人说："爸爸，我学会了三句珍贵的话，付给人家一匹牡马。除此之外，咱们的马都平安无事。"

巴依听了之后大怒，就将这个牧马的儿子从家里赶出去了。牧马人无家可归，只好在草原上到处流浪。一天，他来到一座城市，走到汗王的宫前。汗王的侍从看到城里突然来了个陌生人，就过来问他："喂！年轻人，你是干什么的？为什么到处闲逛？"牧马人说："我身体健康、精神正常，如果能找到工作，我才不想到处闲逛呢。"侍从进到王宫里对汗王说："启禀汗王，外面来了一个年轻人，他看样子既聪明又能干，想找点活干。"汗王听了，就召牧马人进宫。一看这个牧马人身体健壮，面庞英俊，双眼闪耀着智慧的光芒，就高兴地吩咐说："你就留在王宫里，给我当守卫吧！"牧马人愉快地同意了。

过了不久，汗王的夫人看中了这个英俊的守卫者，逐渐地对他产生了爱慕之情。一天，王后对牧马人说："亲爱的小伙子，我应该是你的人，让我俩欢乐地相爱吧！"从那天起，王后从早到晚，老是设法和小伙子接近，说这样那样求爱的话。牧马人非常为难，他想："我用那匹牡马的代价，学了那位老人的三句话。第一句话就是，'当你饮过井水之后，不能再朝井里吐口水。'汗王对我这样照顾和重用，我若是再做对不起他的事，这岂不是等于喝了井水，反过来再朝井里吐口水吗？我决不能做那种负心事。"

王后遭到了拒绝之后，就反过来到汗王面前告了牧马人一状，说牧马人要把她抱在怀里。汗王听了之后大怒，决定要杀死牧马人。汗王告诉山里的挖煤工人，第二天清早要把第一个去煤矿的人抓住，无论他是谁，都要扔到火塘里烧死。然后，汗王就命令那个牧马人，第二天一清早，到煤矿上去驮一口袋煤回来。牧马人高兴地答应了。第二天一清早，他就拿着口袋准备到矿上去驮煤。走到半路上，遇见一位老大娘，她对他说："喂！年轻人，一大早你到哪儿去？进来吃完早饭再去吧！"牧马人说："老大娘，我很忙，汗王命令我驮煤去。"老大娘说："年轻人，天还早呢，先吃饱肚子再去吧。"这时牧马人想起了用一匹牡马换来的第二句话："早晨的饭一定要吃饱。"于是牧马人就进老大娘的家中去吃饭了。王后还是不死心，听说牧马人一早去煤矿驮煤，还想要再见他一面。因此，她也一早偷偷地到煤矿上去了。早就按照汗王的命令在煤矿上等候的工人们，看到第一个来煤矿上的人原来是王后，因为汗王吩咐过，第一个来的无论是谁都要烧死，便七手八脚地把她绑起来，扔到旺火塘里烧死了。

牧马人在老大娘的家里，将早饭吃得饱饱的，然后来到矿上，装满了一口袋煤驮回王宫里来了。汗王看到小伙子按照他的命令完成了任务，并活着回来了，心里非常惊奇。再一找王后却不见了，问起来，宫里的人谁也不知道。于是就去问矿上的人，挖煤的工人们说："陛下，今天来矿上的第一个人是王后，我们按照您的命令，已经把她扔到火塘里去了。"汗王后悔不及，心中暗想："这个牧马人一定是个魔鬼，我一定要杀死他。"当汗王抓起他来，要杀他时，牧马人说："尊贵的汗王陛下，在我生命的最后时刻，请您允许我说几句话，然后您再处死我，好吗？"汗王同意了。牧马人说："陛下，我原是一个巴依的儿子，已经结过婚了，还有一个小孩。我以前只是在草原上放牧自己的马群。一天，我用一匹牡马向一位老人学会了三句珍贵的话。第一句话是：当你饮过井水之后，不能再朝井里吐口水。第二句话是：早晨的饭一定要吃饱。第三句话是：当你右手要去打人的时候，左手一定要去阻拦。当天晚上，我回家告诉父亲这件事后，他大发脾气，把我从家里赶了出来。我只好到处去流浪。后来承蒙陛下的恩典，让我给您当了一名卫士。但是王后她从早到晚老是缠着我，让我满足她那邪恶的淫心。我当时就想到那老人教给我的第一句话。您对我这样好，我怎么能对您做出那种违反道德的事呢！因为我没有满足王后的愿望，所以就得罪了王后。那天清晨我在去矿上的路上，遇到了一位老大娘，她说让我吃过早饭再去。我想起了那位老人教给我的第二句话，因此，我就留在老大娘的家里吃饱了饭才去的。其他的事我就不知道了。"

汗王听了这个老实的牧马人的话后说："是呵，你没有罪过，王后她是自讨苦吃。"于是汗王送给小伙子很多东西，让他骑上高头大马回家去了。

牧马人在路上一边走着一边寻思着："我离家很多年了，不知道家里的情况有什么变化。我的妻子是否还在家里等着我？小孩怎么样了？"一直走到夜里他才回到家。他悄悄地进屋一看，他的妻子和一个年轻的小伙子睡得正香。他不禁大怒，刚要举起右手去打他们，忽然想起从老人那里学来的第三句话：当你右手要去打人的时候，左手一定要去阻拦。他停下右手，正不知道怎么办才好时，他的妻子惊醒了，睁眼一看，原来是自己的丈夫回家来了。这时他生气地质问妻子："这个和你在一起睡觉的青年，他是谁？我一定要好好地惩罚你。"只见他的妻子不慌不忙地说："我长久以来一直想念的丈夫呵，你错怪了我。你也不想想你离家已经多少年啦。你走的时候，咱们的孩子还小，现在不该长大了吗？这就是咱们的孩子呵！"牧马人一看，这个青年果然长得和自己年轻时一样，急忙亲吻孩子，又向妻子赔不是。从那以后，全家人一直过着幸福安详的日子。

搜集整理：常世杰

选自《哈萨克族民间故事》

两 老 友

（云南·白族）

从前，有两个老友，一个良心最好，一个良心最黑。两个人一路到远方去做生意。良心好的吆着八匹油光水滑的大肥骡子；良心黑的吆着两匹皮包骨的瘦骡子。良心黑的看中了老友的八匹好骡子，总想找机会谋害老友。

两人黑夜白天赶路，走着走着，遇到了一条白茫茫的大江，江上搭着一座铁桥。他们吆着牲口正从桥上走过，良心黑的忽然转过头来对他的老友说：

"老友，你可见过两个脑壳的鱼吗？"

"没见过！"

良心黑的在桥栏杆跟前停住脚步，指着江水高声说：

"你看，两个脑壳的鱼游过来了！快看，钻进去了，又游过来了！"

良心好的趴在桥栏杆上正往下看，良心黑的从身后倒扯着老友的两只脚，狠心地把他丢进江心。他心满意足地吆着那八匹好骡子逃跑了。

良心好的赶骡人会凫水，没有被淹死。太阳落山的时候，他从江里爬起来了。他上岸后不到抽完一斗烟的时候，天大黑了，分辨不出方向，他只得往前瞎走；走了一阵，才摸到一座山神庙。良心好的赶骡人向山神诉苦说：

“山神，山神，我在江的桥上遇了难，我那八匹好骡子，全叫那个黑心人赶走了。现在我身上一文钱也没有，又饥又渴，也找不到投宿的地方，叫我咋办？”

山神说：

“小伙子，你爬上树去。等到半夜，你好好听着，听见的话千万不要忘掉！”

小伙子爬上庙前的一棵大树，一声不响地偏着耳朵听着。等到半夜时分，忽然耳旁呼呼呼刮了一阵大风，接着咕咚一声响，半天空掉下了一个东西。山神说话了：

“豺狼，你从哪里来？”

豺狼说：

“我从对面不远的坡坡上来。”

山神说：

“那里可有什么稀奇事？”

豺狼说：

“有，有！那里住着穷苦的母女俩，她们成天受苦挨饿，可是不晓得自己场心里那棵石榴树根下面埋着一缸金子、一缸银子。”

山神说：

“想办法让她母女把金银挖出来多好呀！”

豺狼说：

“可惜我是一个豺狼，不会变。我要是能变成一个小伙子，就去上她姑娘的门[①]啰，听说那个受苦的老妈妈正替她姑娘选女婿呢！”

山神说：

“不要说了，快睡觉去，小心你的话走漏风声！”

---

① 上她姑娘的门：指入赘。男人到媳妇家当女婿，而不是把媳妇娶到男方家来。过去，这种婚姻制度在滇西很盛行。入赘以后，夫随妇姓。

豺狼不讲话了，蜷在地上，呼呼地大睡起来。

歇了一阵，又听得咔嚓一声响，大老虎回来了。山神问老虎：

“老虎，你从哪儿来？”

老虎说：

“我从西边那座大山里来。”

山神说：

“大山里可有什么稀奇事？”

老虎说：

“有，有！大山的悬崖上，有一条大蟒，嘴里含着一颗亮晃晃的夜明珠！”

山神说：

“这宝物好是好，含在大蟒嘴里咋拿呀？

老虎说：

“可惜我是一只老虎不能变，我要是能变一个人，就用埋着金银的那棵石榴树上的枝条去夺大蟒嘴里的宝物。大蟒最怕闻见这种石榴树枝条的气味，它一闻到这种气味，就会把夜明珠吐出来。”

山神说：

“不用说了，天不早了，你也累啰，快去休息吧！”

老虎不讲话了，蜷在地上，呼呼地大睡起来。

歇了不多久，又听得啪啦一声响，金钱豹子也回来了。山神对豹子说：

“豹子，你从哪儿来？”

豹子说：

“我到京城皇宫里走了一趟。”

山神说：

“皇宫里可有什么稀奇事？”

豹子说：

“有，有！娘娘奶上生了奶花，请了不知多少医官，药罐堆成了山，病也没医好。现在京城四下张贴黄榜，谁能医好娘娘的奶花，要官有官做，要钱有钱花。”

山神说：

“没有灵丹妙药，咋能医好这份冤孽病症呀？”

豹子说：

“可惜我是一只豹子，不能变。我要是能变，就变成一个医官，拿我们庙子顶顶上的那棵灵芝草，去京城给娘娘医治奶花。”

山神说：

“不要说啰，天不早了，快些睡觉去吧！”

金钱豹子不讲话了，蜷在地上，呼呼地大睡起来。

野兽们对山神讲的话，小伙子在树上听得一清二楚。过了一会儿，豺狼、大老虎、金钱豹子睡醒了，都呜呜呜地吼着走了。天快麻麻亮了，小伙子从大树上溜下来。山神问他说：

“它们讲的话你都记住了吗？”

小伙子说：

“记住了！”

山神说：

“你就按照它们的话去做吧！”

小伙子别了山神，赶紧爬到庙子顶顶上，拔下了那棵灵芝草，用挑花手巾包裹起来，掖在兜兜里，就去寻找前面坡坡上住着的两母女。他一找就找着了。他拜见了老妈妈，把自己的遭遇和来意告诉了她。老妈妈一听很高兴，说：

“这门亲事，是神指应下的！”

小伙子和老妈妈的女儿就成了亲。

晚上，小伙子对妻子和岳母说：

“我的脚走疼了，烧点热水让我洗洗脚吧！”

老妈妈给女婿烧水，水烧好了，妻子把水端来让他洗脚。脚洗完了，他还是喊脚疼。他又说：

“我在家里的时候，脚一疼，什么都治不好，只有用石榴树根熬下的水洗，才能止疼。”

两母女拿起锄头，到场心里去挖她们那棵石榴树的根根。小伙子也帮着一块儿挖。三人挖了一阵，从石榴树根根下面挖出一缸金子、一缸银子。

老妈妈选了一个好女婿，姑娘配下了个随心合意的丈夫，一家人又从他们的石榴树根根下面挖出了一缸金子、一缸银子，三个人乐得不知怎样才好。

过了几天，小伙子辞别了岳母和妻子，要到京城去给娘娘医治奶花。妻子含着泪劝丈夫不要远走京城，老岳母也愿意女婿多留几天再走。她们都说：

“京城里的名医多如牛毛，你是个赶马人，从来也没有学过医道，咋能把娘娘的奶花医好呀？还是不去的好。”

小伙子说：

“我准能医好娘娘的奶花，你们放宽心好了。医好了娘娘的病，就来接你们。”

临走时，岳母让他多带上些金钱，对他说：

“穷家富路，多预备下些盘缠才好。”

他摇摇手说：

“我一样也不带，只要一根石榴树枝条。”

他拿上灵芝草和石榴树枝条，直奔西山，取大蟒嘴里的那颗夜明珠去了。

果真，在西山悬崖上的洞洞里，他找到了嘴里含着夜明珠的大蟒。他只把石榴树枝条在大蟒面前晃了一晃，大蟒嘴里的那颗夜明珠就落在地上了。他从地上拾起了宝珠，就上路到京城去给娘娘医治奶花。

一来到京城，他看见午门外有成群结队的人围着看黄榜。人们高声念着黄榜上的大字。他上前一把扯掉了黄榜。皇门官看见黄榜让一个穿烂衣的乡下人扯掉了，很不高兴，大声呵斥他：

“哪儿来的乡下人，真胆大，竟敢扯掉午门黄榜。看你土头土脑，咋能学得医治奶花的医道呀？”

小伙子说：

“你不要这样小看人！我要是没有仙丹妙药，怎敢扯掉黄榜呢？”

皇门官奏明了皇帝，皇帝立即下令请医官进宫。

皇帝看见医官是个乡下来的小伙子，半信半疑地问：

“医官，你真能医好娘娘的病吗？”

小伙子说：

“准能医好！”

皇帝说：

“好，我现在给你三天期限，要是三天以内把娘娘的病医好，我一定重重赏你；要是三天医不好，那你就得受罚！”

小伙子说：

“保证三天以内医好！”说着，把灵芝草递给了皇帝，对皇帝说道，“把这棵仙草用清水洗净，捣碎敷在患处，一天换一次，只要换三次药，保险娘娘的病一定会好。”

果真，照他的办法给娘娘只换了三次药，娘娘的奶花瘤子就好了。皇帝高兴极了，把小伙子找来说：

“你可愿做官？”

小伙子说：

“我不愿做官，要早日回家和妻室团聚。”

皇帝便送给他一批金银珠宝，派了一个钦差官护送他回家，又在他的村子里给他修盖了一幢房子。小伙子把上门的妻子、岳母都接到这所新房子来住。一家人，日子过得十分美满。

有一天，小伙子听见门外有叫花子讨饭声，声音很熟。他开开大门一看，在门口讨饭的正是把他丢到江心里的那个黑心的老友。小伙子一看见是他的老伙伴，什么仇恨全都忘光了，脱口喊了一声：“老友！”

“哪个是你的老友？我不是你的老友，有钱人哪会有讨饭吃的老友呀？”那叫花子头也不抬地回答。

“一条鱼有两个脑壳的事情，你还记得吗？”好心的赶骡人进一步问道。

讨吃人听了这话，仰头看了看站在面前讲话的人，立刻吓得浑身颤抖起来。

“你要知道居心不良的人是不会有什么好结果的，但是只要痛改前非，过去的事我再也不提，快同我一块儿进屋去吧！”好心的赶骡人说。

讨吃人厚着脸皮，跟着走进伙伴的家里来。他看见伙伴新盖的那雪白的一片大瓦房，又讨下一个花朵似的妻子，心里又羡慕又忌妒。他还老着脸皮问伙伴遇害后的情形。好心的赶骡人把事情的经过从头到尾说了一遍，还留老友在他家里多住几天。老友临走的时候，他还给了老友一坨金子和一坨银子。可是黑心的人得到这样多的金银还不知足，他又打下了一个坏主意。他顺着伙伴讲的那个方向，一口气跑到了山神庙。他一来到庙子的前面，可巧天也黑了。他学着伙伴，也向山神诉了一阵苦情。

山神说：

“你爬到树上去，好好听着，下面讲什么话，你一字不落地把它记住。”

到了半夜，他听见耳旁呼呼呼地刮了一阵风，咕咚一声响，从半天空掉下一个野兽来，嘴里不停地嚷着：

“山神老爷，山神老爷，今天把我饿坏了，你有什么东西，让我吃一点？”

山神说：

“豺狼，你先不要急，等一会儿再看。”

歇了一阵，咔嚓一声响，又来了一只大老虎。它也向山神要东西吃。它吼着说：

“山神老爷，山神老爷，我的肚子饿坏了，你有什么东西，快快拿来让我吃一点。”

山神说：

“老虎，你先不要急，你也等一会儿再说。”

歇了一小阵，啪啦一声响，又来了一只熊，也可怜地哀求山神给东西吃：

“山神老爷，山神老爷，你有什么吃的给我一点吧，我的肚子都饿瘪了。”

山神说：

“好啰，咱们庙子前面的那棵大树上挂着一块臭肉，你们把那块臭东西扯下来分吃了吧！”

熊爬到树上，把那个黑心的人从树枝上揪了下来，三个野兽就把这个坏了良心的家伙分吃了。

讲述：瑞　青

搜集整理：李星华

选自《云南各族民间故事选》

忘干哥

（吉林）

据说，大山货[①]年头久了能变人，变小孩子、大姑娘、小伙子，变什么的都有。还能自个儿下山去溜达。

听老辈子讲：早些年，在老林子里有这么一苗棒槌，谁也不知道它活多少年了，反正是从有棒槌的时候就有了它，论年纪，比这座小山还大三岁。

这苗棒槌，年年开花，年年结籽，花越开越红，籽越结越多。天长日久，子孙后代繁殖得无其数。这座山没别的，尽是大大小小的棒槌，简直成了棒槌山。

这座山地点落得好，紧扎在老树林子里头，四处都是又高又陡的大石砬子，成年论辈也见不到人的脚印。就是人到了跟前，也找不着进山的路，只能在外面干绕。

日子一年一年过去了，这苗棒槌老是看眼前这点东西，实在有点太腻味了。眼瞅着成群的大雁，从南飞到北，又从北飞到南，心想："这外面也不定是个什么样子，我得出去看看。"

这一天，老棒槌变成了一个二十来岁的小伙，身穿狐狸皮的皮袄，头上戴顶红疙瘩小帽头，打扮得整整齐齐下山了。

---

① 大山货：指大人参。

他走出来，雇了一辆小车子，就上了营口。到营口一看，真是个水旱码头，做买做卖，人来人往，闹哄哄的。特别是参行的买卖，更是兴隆，一苗大货能值好几百两银子。他心里寻思："真没想到，我们还有这么大的用处。"

给他赶车的小老板儿虽是个穷人家孩子，可从小给地主赶脚，净在外头混，练得油嘴滑舌的。一路上看这棒槌小伙土里土气，就给他讲了不少世上稀奇古怪的事。两个年轻人越处越近边，一来二去就成了好朋友，临往回走时，两个人竟插草为香，拜了干兄弟。

在回来的道上，哥俩一张桌吃饭，一铺炕睡觉，处得就像一个人一样。小老板儿问这问那，问啥棒槌小伙都说，可是一问他家住在哪，他就不讲了，总说："走吧，快到了。"

左一个"快到了"，右一个"快到了"，走了好几个月，还没到。这天小老板儿急眼了，说："大哥，咱们哥俩，你还信不着我是咋的？怎么连个准地方也不告诉我？你若是信不着就让我走，你自个儿回去。"棒槌小伙往前一指说："兄弟，你看，就住在那边。"小老板儿顺手一看，呵！是一个立陡立陡的大山，石头压顶，树林遮天，泉水从崖子上流下来，比打雷还响。吓得小老板儿舌头伸出来多长，半天缩不回去。

到了山根下，棒槌小伙下车了。哥俩拉着手，难舍难分的。棒槌小伙嘱咐说："兄弟，往后你有什么难处，只管来找我。来的时候，一定赶七月初一。这山后有三棵并排的大松树，你到那儿，连喊三声'干哥！'就有一只雀领你到我家。"说完刚要走，棒槌小伙看见小老板儿的棉袄都开花了，十冬腊月天气，冻得直打哆嗦，就把自己身上的衣裳脱下来，给小老板儿披上了。他临走又嘱咐一遍："可别忘了，七月初一。"

小老板儿还想问点什么，一眨眼工夫，人没啦。他心里纳闷，干哥是打哪走的呢？小老板儿无精打采地赶着小车往回走。说也怪，干哥送的这身皮袄，穿在身上比纸还轻，可是多硬的风也刮不透，比守着个炭火盆还暖和。

小老板儿回到家，睡了一宿好觉，第二天早起，一找皮袄，没有了，就见炕上放着一张一尺多长的人参皮。他这才知道，磕头大哥是苗棒槌。

改年春天，小老板儿叫东家辞掉了，在家卖小工，吃上顿没下顿，日子过得挺艰难。好容易盼到七月初一，小老板儿带了几个菜饽饽，就顺原道找干哥去了。

到山后头，一点不差，并排长着三棵大松树。到树底下，小老板儿刚喊了一声："干哥。"树上就突噜一声飞出来一只雀。小老板儿跟在它后头，翻山越岭，顺着一条曲溜拐弯的小道，钻进老树林子里。没过几百步，眼前一片通红的棒槌朵子，一苗挨一苗，全是大山货，连下脚的地方都没有。正当间有一棵棒槌，长得比别的高一头。它看见小老板儿来了，摇摆着火红的大朵子，像是点头打招呼一样。小老板儿心想："这苗八成就是我大哥了。"到跟前行了个礼，转身就挖别的棒槌。一边挖着一边想："挖多了也对不起我大哥呀。"挖了五六棵，搁树皮包上，就回家去了。

小老板儿到家卖了棒槌，买了几亩地、一头牛，日子过得挺富裕。可是一看，东头王剥皮家，青堂瓦舍，骡马成群，心想能赶上他也不错。

第二年七月初一，他又去找干哥了。这回可没留情，一挖挖了一挑子。挑回来，又拴车，又盖房子，过得满不错了。可再一看，南头李百万使奴唤婢，有钱有势，心里就挺痒痒。小老板儿如今是个小财主了。钱多了黑心，财主没有不毒的，他一盘算："万一别人知道地方，不就没我的了？再说正当腰那棵老山参，能变人啦，准是个宝物。

我若是得了，献给皇上，保不住还能闹上一官半职的。”

第三年，他赶着大车又进了山，这回是打算连窝端了。

到了地方，老山参见了他纹丝没动，朵子气嘟嘟地耷拉着。这小子一看，心里说：“怎么的，挖你的棒槌你心疼啦？这回连你也得给我换金豆子去。”说着，抄起棒槌钎就下了毒手。棒槌钎刚一落地，就听见轰隆一声，红光四射，震得山摇地动，把这小子当时就震昏了过去，半天才醒转来。爬起来一看，脚底下一片撂荒地，连半苗棒槌也没了。领路的棒槌鸟不住地在头上旋，一边叫着：“忘干哥！忘干哥！”叫得他心惊肉跳，他赶紧跳上车，捂着耳朵跑回家去了。

没过几天，他家失了场大火，烧得片瓦没留，一箱子地契都变成灰了。跟前邻居都看见在火堆里有一只棒槌鸟，一边飞，一边叫：

忘干哥！忘干哥！好心帮你你贪多，
当了财主心变恶，叫你摊上这把火。

讲述：孟昭兴

搜集整理：赵文汉

选自《人生故事》

国王和放屁的儿媳妇

（朝鲜族）

早先有个国王规矩大，不管是手下的大臣、随从，还是自家老小，谁都不能越一点规矩。

国王有个儿子，已到了成婚的年龄，国王就给他找了一个两班人家的闺女。

等到了成婚这一天，国王的儿媳妇接过了大桌，就按规矩去拜见公婆。儿媳妇施过大礼，就跪坐在老公公和老婆婆的面前。国王和王后抓起一把大枣，一边朝儿媳妇的裙子里扔，一边口喊“多子多福”。

儿媳妇跪着，跪着，没加小心，扑地放了一个屁，顿时小脸红了，把她害臊得没法儿。别看国王六七十岁了，耳朵倒挺尖，叫他给听见了。按说装没听见就过去了呗。不！国王当时就对着儿子喊上了：

“咱家怎么能娶这么个没规矩的女人呢！把这个媳妇给我休掉，快打发她回娘家！”

这新娘不但小脸长得周正、白俊，心眼儿也好。儿子一听父王的话，不乐意了。他寻思：“人吃五谷杂粮，谁能不打嗝儿放屁，就因为放个屁就把媳妇给休了，哪有这种道理！”可是父王的命令是不能违抗的呀！他只好央求说：“请父王息怒，您看天这么晚了，是不是明天再打发她回娘家？”

国王没吱声，没吱声就是默许了。当时儿子就把新媳妇领进了新房。这新婚之夜，夫妻恩爱，儿子越看越觉得媳妇长得俊，不想休。他越寻思越觉得父王太不讲情理，就想整治他一下。那怎么整治他呢？他半夜悄悄地跑进了父王的房子里，趁国王酒后熟睡的工夫，把他的玉玺给偷了出来。

国王的儿子把玉玺交给了媳妇，并对天发誓说："一宿夫妻，百年之好，你走之后我永不找媳妇，几年之后你就拿着这国王的玉玺来找我。"第二天早早地就把媳妇给送回了娘家。

再说国王一觉醒来，发现身边的玉玺没了，这可不得了喽！那时的玉玺就是命根子，丢了还得了嘛！王宫里顿时热闹了，里里外外，上上下下，翻了个底朝天，可是连个玉玺的影儿都没有。宫里的文武百官，身边的侍卫随从全都问遍了，都说没看见。按照那时候的法，国王丢了玉玺，就再也不能当国王了。末了，玉玺没找到，国王只好把王位让给了儿子。

再说那新媳妇回到了娘家，阿爸和阿妈听说是因为在公婆面前放了屁才被打发回来的，一边骂闺女没出息，给两班大家抹了黑，一边埋怨国王规矩太大，放个屁就把儿媳妇给休了。他们心里话说："你国王也是人，不也得放屁！"

别看这姑娘只当了一天的过门儿媳妇，回来就怀孕了。那时两班人家的规矩可大啦，他们也不问那天她和王子有没有同宿，就说女儿私通了男人，非要拿铡刀铡了她不可。这时候，那姑娘从怀里掏出了国王的玉玺，把实情全都告诉了阿爸和阿妈。

这家人一听，可不得了喽！面前就是当朝国王的王后，又有玉玺证明，谁敢贱待呀？于是把她照料得要多好有多好。

怀胎十个月，这个姑娘生下了一个男孩儿，就别提有多白多俊了。这孩子生下来五个月就会说话，七个月就会走路。教他一，他认得十；教他十，他认得百；不用上学堂，就认得好多字。到了七岁这年，还能写诗作文章，人们都说这孩子是个神童。这样聪明伶俐的孩子谁不赞扬？可是，也有说闲话的，说他是个没有阿爸的私生子。

有一天，这孩子流着眼泪回来问母亲："阿妈，阿妈，我到底有没有阿爸？"

阿妈一看，孩子也懂事儿了，就把实情全都告诉了儿子。这孩子明白了怎么回事儿，当时就朝阿妈要玉玺，带了玉玺就去找阿爸。

那时候王宫把门儿的，也是里三层外三层，围得连个苍蝇都飞不进去。那把大门儿的看见一个六七岁的小孩儿，自称是国王的儿子，要进王宫见父王，当时就乐了。他乐啥呀？你想，大伙儿都知道，当年国王娶过媳妇不假，可是因为媳妇在公婆面前放了个屁，当时就被打发回娘家了，以后他再没娶媳妇，哪来的儿子呢？任凭小孩儿怎么说，人家压根儿就不信。

聪明的孩子一看，光凭嘴说不顶用，就把国王的玉玺往大脖上一挂，大摇大摆地往里闯。这一招儿还真灵验，那些把大门儿的大眼瞪小眼儿，谁都不敢拦了。

孩子进了王宫，见了国王第一句话就喊："阿爸！"

国王一看这孩子胸前的玉玺，也就明白了。当时父子俩抱在一起就哭了！你想，就因为放了个屁，弄得夫妻不团圆，有儿不能认，长这么大了才见头一面儿，怎能不叫国王心酸落泪？

当时国王就领着儿子去见老父王。见了父王的面，阿爸让孩子叫哈拉爸基。可这孩子就是不叫，当时就从怀里掏出三个白梨来，往桌上一撂说："这是我阿妈给你们带来的礼物。可是有一条，放屁的人是不能吃的，只有不放屁的人才能吃。"

老国王当时就说："人吃的五谷杂粮，谁不打嗝儿放屁呀？"

聪明的孩子当时就接上了话茬儿："那当初我阿妈放了个屁，你咋说没规矩，还把她给撵走了呢？"

老国王一听，这是实情，自个儿没理了，当时就向孙子认错说：“那是你哈拉爸基我一时糊涂啊，我现在也后悔啦！”

这时候孩子才扑上前去，喊了一声：“哈拉爸基！”

这老国王还是第一回听孙子管他叫哈拉爸基，抱着孙子眼泪淌下来了。

后来，老国王亲自去接儿媳妇，又亲口向儿媳妇赔礼道歉。打那以后，老公公和儿媳妇相处得很和睦。

这个故事告诉人们一个啥理儿？它告诉人们，讲规矩也得有时有晌，一讲过分就不好了。

讲述：金德顺

采录整理：裴永镇

选自《金德顺故事集》

巧 媳 妇

（湖南）

从前有个顶聪明的人，名叫张古老。他一共有四个儿子，老大、老二和老三，都已经娶了媳妇，只有老四还是条光棍。兄弟们没有分家，由张古老带着在一起过日子。

说也奇怪，这四兄弟都生得呆头呆脑，一点也不像他们的老子；娶进来的这三个媳妇，也是半斤配八两，心里都不大灵活。一家子人没有一个讨得张古老的喜欢。

日子久了，张古老心里发愁。他想："我这块老骨头，总不能老赖在这世上，说不定哪一天，我两腿一伸，看他们这么混混沌沌，怎么过日子呵！"于是，他便想替幺儿子找个乖巧一点的媳妇。现今，能给自己添个好帮手；将来，也好做个自己的替脚人，掌管这份家业。

想想容易，办起来却难了。张古老打听来打听去，总没有一个合适的。到底老汉是个聪明人，他想了一个巧妙的法子。

这天，他把三个媳妇叫到跟前，说：

"你们好久都没有回娘家了，心里一定很挂念吧？今天，我就打发你们回娘家去。"

三个媳妇一听说回娘家，欢喜得不得了，只问公公让她们住多久。

张古老说："大媳妇住三五天，二媳妇住七八天，三媳妇住十五天。三个人要一同去，一同回来。”

三个媳妇想也没想，便连忙答应了。

张古老又说：“往日你们回去，总要带点东西孝敬我，但是，每一次带回来的东西都不如我的意。这次你们回去，也少不了要带点东西的，不如我先说出我要的东西来。”

“您老人家只管开口，我们一定带回来就是。”三个媳妇一齐说道。

张古老说：“大媳妇替我带一只红心萝卜回来；二媳妇替我带一只纸包火回来；三媳妇替我带一只没有脚的团鱼回来。”

三个媳妇一听，都满口答应了。三个人便一齐动身回娘家了。

三个人走呀走的，不一会儿，便走到了一条三岔路口。大媳妇要往中间那条路去；二媳妇要往右边那条路去；三媳妇要往左边那条路去。三个人正要分手时，才记起公公的话来。

大媳妇说：“公公嘱咐，让我们一个住三五天，一个住七八天，一个住十五天，还要同去同回。哎，三个人的日子又不一样，同去还容易，同回多难啊！”

二媳妇说：“是呀！同回才难啊！”

三媳妇也说：“是呀！同回才难啊！”

“还有礼物呢！一个是红心萝卜，一个是纸包火，一个是没脚团鱼。哎，才一听好像是顶普通的东西，如今一想，都是些从来没有见过的东西啊！”大媳妇着急地说。

“是啊！都是从来没有见过的东西啊！”二媳妇也着急地说。

“是啊！都是从来没有见过的东西啊！”三媳妇也着急地说。

“不能同去同回，又没有这些礼物，公公是不会让我们进屋的。这怎么办呢？”大媳妇更是着急了。

“这怎么办呢？”二媳妇也更着急了。

“这怎么办呢?”三媳妇也更着急了。

三个人想来想去，真不知怎么才好。大家都急得不得了，又不敢回去，便坐在路边上哭起来了。

三个人哭呀哭呀，从日出哭到日落，越哭越伤心，越哭越热闹，最后哭得惊动了住在近边的王屠户。

王屠户带着女儿巧姑，在路边搭了个草棚，摆了张案板，天天卖肉过日子。这天听到了哭声，便向女儿说道：

“巧姑，去看看是哪个在哭，出了什么事情。”

巧姑走了出来，见是三位大嫂在那里哭成一堆，问道：

“三位大嫂，你们有什么心事？为何哭得这样伤心?”

三个人一听有人来问，连忙抹掉眼泪，一看，只见是位大姐站在面前。她们止住了哭声，把事情的原委，一五一十地告诉了她。

巧姑一听，想也没想，便笑着说：“这很容易，只怪你们没有想清楚。大嫂，你三五天回来，三五一十五，是十五天回来；二嫂你七八天回来，七加八一十五，也是十五天回来；三嫂也是十五天回来。你们不是能同去同回吗?”

巧姑接着又说：“三件礼物，红心萝卜是鸡蛋，纸包火是灯笼，没脚团鱼是豆腐。这些东西家家都有，是顶普通的东西呢。”

三个人一想，果然不错，便谢了谢巧姑，高高兴兴地分了手，各自回娘家去了。

三个人在娘家，都足足住了半个月。这天，她们一同回来了。见着公公，把礼物也拿了出来。

张古老一看，吃了一惊。原来她们带回来的礼物，一点也没有错。他心里知道，这不是她们自己想出来的，便问她们。三个人也不敢隐瞒，就把实情一五一十地说出来了。

张古老一听，决定要去会会这位姑娘。

这一天，张古老一直走到卖肉的草棚子里，连忙叫老板称肉。

王屠户不在家，巧姑走出来，问道：

“客人，你要称什么肉？”

张古老说：“我要皮贴皮，皮打皮，瘦肉没有骨头，肥肉没有皮。”

巧姑听了，一声不响，便走到案板那边去了。一会儿，就拿来了四个荷叶包包，齐整整地放在张古老面前。

张古老一看，一样是猪耳朵，皮贴皮；一样是猪尾巴，皮打皮；一样是猪肝，瘦肉没有骨头；一样是猪肚子，肥肉没有皮。一点也没有错。他心里一喜，便想道：“这才是我的媳妇啊！”

张古老回到家里，马上请了一个媒人去向王屠户说亲。王屠户知道张古老的底细，和巧姑一商量，便答应了。不久，张古老选了个日子，把巧姑接了过来，和幺儿子成了亲。

张古老得了这样一个聪明的媳妇，满心欢喜，平日里，把她看得特别重，还有心要她当家。

巧姑见公公对自己这样好，也顶尊敬他。

日子久了，大媳妇、二媳妇和三媳妇便有些不自在了，背地里叽里咕噜地说：“公公有私心，只心疼满幺儿媳妇，嫌弃我们。”

张古老看出了她们的心思，他想：“要大家心服，非得想个法才行。”

这天，他把四个媳妇都叫拢来了，对她们说道：“我一天天老了，很难管上这份家。我想把这份家交给你们来管，但是家里人口多，事情杂，要有个顶聪明、能干的人才管得下。我不知道你们里边哪个最聪明、最能干？”

四个媳妇一齐说：“公公，你就试试吧！”

张古老说：“好，我就试一下吧！试出来哪个最能干、最聪明，家就让她当。这是你们自己说的，以后不准埋怨啊！”

大家同意了。

张古老说："会居家的人，就知道节省，无的做出有的来。我就在这点上出题目——要用两种料子，炒出十种料子的菜来；用两种料子，蒸出七种料子的饭来。哪个做得出，就是顶聪明能干的人，家就归她当。"说罢，张古老就转头问大媳妇：

"你做得出吗？"

大媳妇一想：两种料子就只能当两种料子用，哪能当十种料子用呢？便说：

"你别闹着玩了，这哪里做得出来？"

张古老又问二媳妇："你做得出来吗？"

二媳妇一想：平日蒸饭，都只用大米，顶多再加一二种料子，哪来的七八种料子，便说：

"公公，你别逗弄我们了，这哪里做得出来？"

"你做得出来吗？"张古老又回头问三媳妇。

三媳妇心想：两位嫂子都做不出来，我更不用说了，便没有作声。张古老知道三媳妇也做不出来的，便说：

"想你也是做不出来。"最后，他才问巧姑："你呢？"

巧姑想了想，说："我试试看。"

巧姑走到厨房里，用韭菜炒鸡蛋，炒了一大碗，用绿豆和在大米里，蒸了一大盆，端到张古老面前。

张古老一看，说道：

"我要的是十种料子的菜，怎么只有两种？我要的是七种料子的饭，怎么也只有两种？"

巧姑说："韭菜加鸡蛋，九样加一样不是十样？绿豆和大米，六样加一样，不是七样？"

张古老一听，高兴极了，连声说对，当场就把钥匙拿了出来，交给巧姑了。

巧姑当家以后，把家里的事情安排得妥妥帖帖，吃的穿的，都是自己做出来的，一家人过得舒舒服服。

有一天，张古老闲着没事做，便坐在大门边晒太阳。突然，他想起自己过去的日子，年年欠债、受气。如今日子过好了，自由自在，真是万事不求人。他一时高兴，顺手在地上捡了块黄泥坨坨，在大门上画了几个大字："万事不求人。"

不料，当天知府坐着轿子，从这门前经过。他一眼便看见门上这几个大字，大大吃了一惊，心想："这人好大的胆，敢说出如此大话来，这不是存心把我也没有放在眼里？好吧！我叫你来求求我。"便厉声喝道："赶快放下轿，给我把这个讲大话的人抓来。"

衙役们马上凶狠狠地把张古老从屋里拖了出来。

知府一见，瞪着两眼说道：

"我道是什么三头六臂，原来是个老不死的老头。你夸得出这种大话，想必有大本事。好吧！限你三日之内，替我寻出三件东西来。寻得到，没有话说；寻不到，就办你个欺官之罪。"

张古老说："老爷，是三件什么东西？"

知府说："要一头大牯牛生的犊子；要灌得满大海的清油；要一块遮天的黑布。少一件，便叫你尝尝本府的厉害。"说罢，便坐着轿子走了。

张古老接了这份差事，掏空了心思，也想不出个办法来对付，整日里愁愁闷闷，饭也吃不下，觉也睡不着。

巧姑见了，便问："公公，你老人家有什么心事，尽管跟我们说说吧！"

张古老说："只怪我不该夸大话，和你说了也没有用。"

巧姑说："你老人家说吧，说不定也能想出个办法来的。"

张古老只得把心事对巧姑说了。

巧姑一听，说道：

“你老人家说得对嘛，庄稼人吃自己的，穿自己的，本来是万事不求人。你老人家放心吧，这差事就让我来对付。”

过了三天，知府果然来了。一进门便叫道：“张古老在哪里？”

巧姑不慌不忙地走上前说：“禀大人，我公公没在家。”

知府瞪着眼说：“他敢逃跑，他还有官差在身啦！”

巧姑说：“他没逃，是生孩子去了。”

知府奇怪起来了，说：“世上只有女人生孩子，哪里男人也生孩子？”

巧姑说：“你既知道男人不能生孩子，为什么又要大牯牛生牛犊子呢？”

知府一听，没话可说。停了好久，只得说道：“这一件不要他办了，还有两件？”

巧姑说：“请问第二件？”

“灌海的清油。”

“这好办，请大人把海水车干，马上就灌。”

“海有这么大，怎么车得干？”

“不车干，海里白茫茫的一片水，油又往哪里灌？”

知府一下把脸也羞红了，便叫起来：

“这一件也不要了，还有一件！”

巧姑说：“请问第三件？”

知府说：“遮天的黑布！”

巧姑说：“请问大人，天有好宽呢？”

知府说：“哪个晓得它有好宽，谁也没有量过。”

“不晓得天有好宽，叫我们如何去扯布呢？”

这一说，知府再也没有话回了，红着一张脸，慌忙地钻进轿子里，跑了。

本来张古老就有名，这一来，远远近近的人，更没有一人不知道了。大家都说："这一家子，有个顶聪明的公公，还有个顶乖巧的媳妇。"

搜集整理：周健明

选自《湖南民间故事选集》

种　金　子

（新疆·维吾尔族）

阿凡提借来几两金子，骑着毛驴到野外，就坐在黄沙滩上细细地筛起金子来。不一会儿，国王打猎从这儿经过，看见他的举动很奇怪，便问道："喂，阿凡提，你这是干什么呢？"

"陛下，是您呀！我正忙着哩，这不是在种金子嘛！"

国王听了更加诧异，又问道："快告诉我，聪明的阿凡提，这金子种了会怎样呢？"

"您怎么不明白呢？"阿凡提说，"现在把金子种下去，到居曼日[①]就可以来收割，把头十两金子收回家去了。"

国王一听，眼睛都红了，心想："这么便宜的肥羊尾巴能不吃吗？"他连忙赔着笑脸跟阿凡提商量起来："我的好阿凡提！你种这么点金子，能发多大的财呢？要种就多种点。种子不够，到我宫里来拿好了，要多少有多少。那就算是咱们俩合伙种的。长出金子来，十成里给我八成就行了。"

"那太好啦，陛下！"

第二天，阿凡提就到宫里拿了两斤金子。再过一个礼拜，他给国王送去了十来斤金子。国王打开口袋，一看金光闪闪的，简直乐得

① 居曼日：即居玛日，指星期五，是伊斯兰教做大礼拜的日子。

闭不上嘴。他立刻吩咐手下，把库里存着的好几箱金子都交给阿凡提去种。

阿凡提把金子领回家，都分给了穷苦人。

过了一个礼拜，阿凡提空着一双手，愁眉苦脸地去见国王。国王见阿凡提来了，笑得眼睛眯成一条缝，问道："你来啦！驮金子的牲口、拉金子的大车，也都来了吧？"

"真倒霉呀！"阿凡提忽然哭了起来，说道，"您不见这几天一滴雨也没下吗？咱们的金子全干死啦！别说收成，连种子也赔了。"

国王顿时大怒，从宝座上直扑下来，高声吼道："胡说八道！我不信你的鬼话！你想骗谁？金子哪会干死的？"

"咦，这就奇怪了！"阿凡提说，"您要是不相信金子会干死，怎么又相信金子种上了能长呢？"

国王听了，活像嘴里塞了一团泥巴，再也说不出话来。

赵世杰　译

选自《中国少数民族民间故事选》

恭喜与也罢

（湖北）

宋朝时候，武当山下的三岔路口，有一座土地小庙。庙前一片大柏树。树上爬满葛藤，形成一个天然凉棚。凉棚下有个小酒馆。一到夏天，来往客商都赶到这里吃饭，又凉爽，又轻快，一天到晚，总是坐得满满的。

这天，周家、张家和王家三个员外在酒馆饮酒。周员外问张员外："嫂嫂坐月子，不知是千金，还是少爷？"

"蒙兄长操心，"张员外笑眯眯地说，"得了个胖小子。"

"恭喜，恭喜！"周员外连声道贺，转脸又问王员外，"听说贵夫人也添了，想来定是状元郎君？"

"昨天分娩，生了个女儿。"王员外回答。

"也罢！"周员外又说，"一个女儿一门亲嘛。"

古人说，祸从口出。这王员外生来是火燎性子，半口气弱不下去。他一听周员外的话，猛地站了起来，将桌子一拍，问："你姓周的好没道理。他生一个儿子，你连声恭喜，我生一个女儿，你说也罢，太辱没人了！"

周员外仗着自己有钱有势，一点也不相让，也站起来拍胸撸胳膊，偏偏有意气他："天下只有男州，没得女县；男子汉顶天立地闯四方，闺阁女铺床叠被进厨房；儿子一条根，女子一门亲。我说了说了又说了。你把我吃了，咽不下，想告我没长包包牙！[①]”

周员外和王员外在酒馆门前打起来了，闹得酒馆里没人敢来喝酒，土地庙没人敢来敬香。土地奶奶将土地爷掀一把：“老头子，这样打下去，没人敢上门，我们只有吃风喝沫了。快出去劝劝架吧！”

土地爷变个老汉，拄着拐棍来了。他说：“算了，算了，忍一口气，免百日忧。快快各回各家，享福去吧！”

两个员外吆吆喝喝，根本不理他。土地爷又说：“有谷子舂得出来，有话说得出理。何必动手动脚，惹是生非呢？”

两个员外越打越厉害，把土地爷的拐棍也给踢飞了。土地爷用手指指向那边：“你们看，那是谁来了？”

原来，佘太君坐着八抬轿从这里经过。大家一看，八个壮实汉子吱呀吱呀抬着个老太婆。众人赶快闪开，让佘太君过去。土地爷对两个员外说：“看到了吗？八个‘恭喜’抬一个‘也罢’，还吵什么呢？”

王员外笑嘻嘻地住手了。周员外一见这场面，自知没理，也住手了。土地爷用拐棍在地上写了一首诗：

男女有别是天生，
男是八两女半斤，[②]
有才有德人尊敬，
无才无德枉操心。

---

① 没长包包牙：指没有那么大能耐。

② 八两半斤：旧制十六两秤，八两就是半斤。

酒馆门前安静了。人们都说老汉的诗写得好，寻那老汉时，却不知到什么地方去了。

讲述：李万起

采录：李征康

选自《中国民间故事集成·湖北卷》

小鸡崽报仇

（贵州·苗族）

很久很久以前，有一只老母鸡带着一群小鸡崽，成天在寨边找虫虫吃。有一天，忽然从刺蓬里跳出一只野猫来，一下子把老母鸡咬死了。老母鸡在临死之前，“噢啊！噢啊！”地嘱咐它的小鸡崽们说：“孩子们，你们要记着啊！我是被野猫咬死的，以后你们长大了，要为妈妈报仇啊！”

小鸡崽牢记着老母鸡的遗嘱。后来它们长大了，就计划着去打野猫为妈妈报仇。有一天，它们就出发了。

小鸡崽走着走着，碰见一根缝衣针。缝衣针问道：“小鸡崽，小鸡崽，你们到哪里去呀？”

小鸡崽说：“野猫把我们的妈妈咬死了，我们去打野猫，为妈妈报仇！”

缝衣针说：“要我去一个吗？”

小鸡崽说：“你细眉细眼的，要你去做哪样？”

缝衣针说：“要我去嘛，要我去有用处！”

小鸡崽想了一想说：“好，那就请你跟我们去吧！”

于是缝衣针高高兴兴地跟着小鸡崽走了。

小鸡崽走呵走呵，遇见一堆牛屎。牛屎问道：“小鸡崽，小鸡崽，你们到哪里去呀？”

小鸡崽说："野猫把我们的妈妈咬死了，我们去打野猫，为妈妈报仇！"

牛屎说："要我去一个吗？"

小鸡崽说："你扁头扁脑的，要你去做哪样？"

牛屎说："要我去嘛，要我去有用处！"

小鸡崽想了一想说："好，那就请你跟我们去吧！"

于是牛屎高高兴兴地跟着小鸡崽走了。

小鸡崽走呵走呵，遇见一只螃蟹。螃蟹问道："小鸡崽，小鸡崽，你们到哪里去呀？"

小鸡崽说："野猫把我们的妈妈咬死了，我们去打野猫，为妈妈报仇！"

螃蟹说："要我去一个吗？"

小鸡崽说："你横七竖八的，走路都不会，要你去做哪样？"

螃蟹说："要我去嘛，要我去有用处！"

小鸡崽想了一想说："好，那就请你跟我们去吧！"

于是螃蟹高高兴兴地跟着小鸡崽走了。

小鸡崽走呵走呵，遇见一根棒槌。棒槌问道："小鸡崽，小鸡崽，你们到哪里去呀？"

小鸡崽说："野猫把我们的妈妈咬死了，我们去打野猫，为妈妈报仇！"

棒槌说："要我去一个吗？"

小鸡崽说："你短杵杵的，要你去做哪样？"

棒槌说："要我去嘛，要我去有用处！"

小鸡崽想了一想说："好，那就请你跟我们去吧！"

于是棒槌高高兴兴地跟着小鸡崽走了。

小鸡崽走呵走呵，遇见一颗毛栗。毛栗问道："小鸡崽，小鸡崽，你们到哪里去呀？”

小鸡崽说：“野猫把我们的妈妈咬死了，我们去打野猫，为妈妈报仇！”

毛栗说：“要我去一个吗？”

小鸡崽说：“你毛头毛脑的，要你去做哪样？”

毛栗说：“要我去嘛，要我去有用处！”

小鸡崽想了一想说：“好，那就请你跟我们去吧！”

于是毛栗高高兴兴地跟着小鸡崽走了。

现在小鸡崽有了长啦啦的一大队朋友，它们挨挨挤挤地向着野猫家走去。因为它们有的走路比较缓慢，当它们走到野猫家的时候，已经是大半夜了，野猫已经闩上门呼呼地睡去了。“怎样下手打野猫呢？”小鸡崽有些发愁起来。但它们的朋友却不发愁，它们都安慰小鸡崽，并对小鸡崽如此这般地说了一阵，小鸡崽高兴得连声说“好！好——”于是它们立刻部署起来。

牛屎走到门槛下躺着。

棒槌爬到门坊上去蹲着。

小鸡崽把野猫的房子前前后后包围起来。

然后缝衣针上前去噼噼啪啪地敲门：“爸亮[1]，爸亮，开门，开门！”

它叫了一阵，才把野猫叫醒。野猫在被窝里有气无力地问道：“是哪个？”

“是我。”缝衣针回答。

“你是哪个嘛？”

“我是缝衣针！”

“夜半三更，你敲门做什么？”

---

① “爸”即是父亲，“亮”即是野猫，在这里“爸亮”即“野猫伯伯”或“野猫叔叔”的意思。

“我走夜路，累得很，请你来开开门，我想到你家来借个板凳歇歇气。”

“板凳放在火坑边，你自己从门缝里钻进来吧。我懒得起来。”

于是缝衣针从门缝钻了进去，爬到板凳上直直地插着。

隔了一会儿，当野猫刚迷迷糊糊地入睡的时候，毛栗又上前去噼噼啪啪地敲门：“爸亮，爸亮，开门，开门！”

野猫好不耐烦。“是哪个？”它生气地问。

“是我。”毛栗回答。

“你是哪个嘛？”

“我是毛栗！”

“夜半三更，你敲门做什么？”

“我在山上冷得很，请问你家里有没有火？请你起来开开门，让我进去烤烤火。”

“火坑里有火，你自己从脚地洞钻进来吧。我懒得起来。”

于是毛栗钻进野猫家去了，它跳进火坑，用热灰把自己壅起来。

隔了一会儿，当野猫刚刚发出鼾声的时候，螃蟹又上前去噼噼啪啪地敲门：“爸亮，爸亮，开门，开门！”

野猫又被吵醒了，它大发脾气，骂道：“是哪个又在敲门？”

“是我，螃蟹！”

“夜半三更，你还在敲我的门干什么？”

“我口渴得很，请问你的缸子里有没有水？请你起来开开门，让我进去。”

“缸子里有的是水，你自己从水缸底下的地洞爬进来吧。我懒得起来。”

于是螃蟹跳进野猫的水缸里去了。

这一夜野猫简直没有睡好，它气极了。这时它把被条狠狠地搭在头上，盖得紧紧密密的，它下决心："不管哪个敲门，我也不理了！"

殊不知它刚刚躺下的时候，外面又喊声大作：

屋前："爸亮，爸亮，开门，开门……"

屋后："爸亮，爸亮，开门，开门……"

屋左屋右："爸亮，爸亮，开门，开门……"

高的声音，低的声音，粗的声音，细的声音，交织成一片……

野猫再也不能睡着了，它掀开被窝，高声地大骂道："是哪个又在吼闹？"

小鸡崽们一齐回答道："是我们，爸亮！"

"你们是哪个？"

"我们是小鸡崽，爸亮，我们特地来看你老人家！"

野猫听说小鸡崽来看它，马上转怒为喜。它想："好，这真是飞来的福气！"于是翻身爬起，嘴里连连说道："哎哟，是小鸡崽！你们来啦？屋里黑得很，等我把火烧好，再请你们进来吧！"

它披上衣服，踏着两只鞋，拖拖拉拉地来到火坑边。它手里用火钳拨着火坑，口里噗噗地吹着那星星的火种。这时毛栗忽然蹦的一下子炸开来。火花呀，热灰呀，扑得它满脸都是，野猫的眼睛塞满了火种，睁不开啦。

野猫想用水来洗洗眼睛，就瞎摸乱窜地跑到水缸边。当它刚刚伸手进缸子里舀水的时候，螃蟹一下子夹住它的爪爪。野猫哎哟大叫一声，痛得直蹦跳。

野猫被挠了这两下子，痛得昏头昏脑，站也站不稳了。它想到板凳上去坐坐。可是当它刚刚坐下去的时候，缝衣针对准它的肛门猛力一刺，一直刺进它的肠子里去。这下子野猫痛得真厉害，马上昏死过去。

好久好久以后，它才苏醒过来，心想："今夜这里真有鬼啦！我赶快跑出去吧。"于是它打开大门，往外就跑，殊不知它双脚踏着了牛屎，吧嗒一声，四脚朝天跌在地上。

这时门坊上的棒槌，朝着野猫的肚子，狠狠地打下来，又紧紧地压住它，不让它逃跑。

现在小鸡崽们蜂拥上前，你一啄，我一抓，不一会儿工夫，就把野猫撕得稀稀烂烂的。

小鸡崽们把野猫打死了，为妈妈报了仇。小鸡崽们非常感谢朋友们的帮助，把朋友一一送回家去，然后才回到自己的寨子来。

整理：唐春芳

选自《中华民族故事大集》

樵　哥

（湖北）

从前，山里有户人家，只有母子俩，妈妈瞎了眼，儿子每天上山砍柴侍奉母亲，别人就叫他“樵哥”。一天，樵哥早起上山，妈叫他提防狼虫虎豹，莫攀陡壁悬崖，千嘱咐，万叮咛。樵哥劝她放宽心在家歇着，便拿着弯刀、钎担出了门。日头偏西的时候，他挑柴下山，路过半山腰的小石坪，放下担子歇气。凉风一吹，不觉打起盹来。猛然间，传来一阵吼声，一只老虎扑到他跟前来。樵哥长到十几岁没见过老虎，睁眼一看，吓昏了。过一会儿醒过来，只见老虎端端正正地坐在他面前，身上的扁担花都数得清楚。樵哥心想：“老虎扑到我跟前，又不伤害我，好奇怪呀！”就壮胆说起话来：“畜生，你是不是要吃我？”老虎摆头。樵哥又问：“畜生，你是不是有什么为难之事要我帮忙？”老虎点了三下头，接着把口张开。樵哥起身走拢去一看，老虎喉咙里插着三根扦子，原来是吃豪猪子被刺卡了。他想把手伸到虎口里去拔，试一试又缩了回来。后来，他把砍柴的弯刀伸进老虎口里去慢慢钩，费了好大功夫才把三根刺钩出来。老虎吐出一大口乌黑乌黑的瘀血，对樵哥摇摇尾巴，大吼一声，一蹦几丈远，回山去了。

老妈妈正在家里眼巴巴地望樵哥回来，嘴里念着：“我儿每天都是日偏西打回转的，今天太阳下了山，怎么还不见人？莫不是跌伤了腿脚，遇见了老巴子[①]？”正着急时，樵哥挑柴进了屋，进灶屋端一碗锅巴粥，一边吃，一边讲着帮老虎挑刺的事。母子俩都觉得这事实在稀奇。半夜里，忽然听见屋山头脚板翻叉，接着嘣咚一声，好似一块大石头滚下山来。妈妈怕是崩山，赶快把樵哥叫起来，点着桐油灯去察看。打开门，只见山坡坡上坐着一只老虎，两只眼睛像灯笼闪亮。再看地下，原来是一头大肥猪。樵哥说："妈，你老莫怕，是我救的那只老虎送猪来了！”老妈妈摸出门来说："老巴子，你真有良心。我一生一世只有樵哥这根独苗子，你要是通人性，到我家来做个老二，两弟兄互相帮衬，那该有多好啊！”老虎听了从坡上走下来，围着老妈妈打旋，尾巴直摇。以后它就真的留在这户人家里，隔几天从山里衔些野物回家。他们自己吃一些，也卖一些。樵哥上山砍柴，它就坐在门前同老妈妈做伴，他们的日子慢慢过好了。

一天，老妈妈摸着虎老二的头，叹气说："老二，有你帮忙，家里的日子是过好了一点，就是你哥十八九岁了，缺一个嫂子。穷家小户，什么时候才能娶上媳妇啊！”老虎听了这话，转身就不见了。樵哥打柴回来，不住地埋怨他妈："你老真是个心不知足，本来过得好好的，就是你老一句话把兄弟气走了。”

老虎翻过几架山，来到外县地界。两个员外家结亲，人夫轿马，鼓乐炮仗，好不热闹。等花轿经过僻静山坳时，老虎突然从草林子里蹿到大路上，抬轿担礼、送亲迎亲的，吓得连滚带爬，都逃散了。老虎把轿门扒开，衔住新娘的一只胳膊，头一摆，把新娘子驮在背上就跑。跳沟越岭，半天就跑了一百多里路，天煞黑时闯回家来。妈妈听说老二衔了个人回来，喊叫道："我的天，你这个畜生怎么野性不改，

① 老巴子：老虎。

这样作孽呀!”姑娘早吓得人事不省。一摸身上，还好，一没伤口，二没血迹。妈妈叫樵哥赶紧烧姜汤把她灌活。姑娘醒过来，看见那只老虎坐在身边，吓得哭喊起来。老妈妈说:“这个老巴子是我家老二，它心肠好，不伤人，你不要怕它。你要是不嫌我家贫寒，就留在这里过日子，给我老大做媳妇吧!”姑娘见老人家慈祥厚道，樵哥憨厚老实，一表人才，就含笑答应了。老虎看见哥哥娶了亲，妈妈有嫂子做伴，也归山了。

姑娘被老虎抢走以后，两个员外到县衙门里打起官司来。男家告女家起心不良，另择了高门大户，半路上把女儿嫁给别家了。女家说花轿出门，姑娘就成了婆家的人，想必是婆家嫌丑爱美，半路上把姑娘卖了。两亲家公说公有理，婆说婆有理。活不见人，死不见尸，县官也断不下来。过了大半年，风言风语传开来，说山那边出了件新鲜事，老虎抢了个新娘子给山里人做媳妇。两个员外又到这县来打官司。县衙门的差狗子把樵哥抓去过堂，要办他强抢民女的大罪。老妈妈心急火烧，一日三遍摸到旁边的山坡上哭喊:“老二呀老二，你哥遭了冤屈，赶快回来救救他呀!”

樵哥在堂上把前因后果照直说了。县官不信，抓起惊堂木狠狠一拍:“胡说!世上哪有老虎抢亲的事!除非你把老虎叫来做证。”哪晓得老虎果真下山来了。听说县官要断老虎案，县城里人山人海看稀奇。老虎进街，人们都吓得像燕子飞一样把路让开，躲在店铺里，撕开门缝朝外瞧。老虎大摇大摆走进县衙门，坐在樵哥身边候审。樵哥说:“这就是我的虎兄弟，姑娘是它抢来的。请大老爷明断!”县官在堂上吓得浑身筛糠，手脚打战，说木已成舟，把姑娘断给樵哥了。老虎送樵哥回家，看了一下妈妈和嫂嫂，出门就没影了。

才过了三年太平日子，辽兵侵犯中原，兵荒马乱，皇上出榜招贤，要选能人带兵。樵哥进城卖柴买米，见许多人围在县衙门前看榜，也挤进去看热闹。听人说辽兵打进中原，奸掳烧杀，糟害黎民百姓，就凭着血性把榜揭了。看榜的差人见他膀粗腰圆，仪表堂堂，一定是山里的能人，马上前呼后拥，请到县衙门里设酒宴款待；樵哥以为揭榜是去当兵，一打听，皇帝出榜是招领兵之帅。军情似火，十天之内就要进京领旨。他回到家里，为这事急得茶饭不沾。还是媳妇说："我们山里不是还有个兄弟吗？何不进山找它帮忙呢！"樵哥带了几个粑粑进山，在荒山野岭边走边喊："老二呀老二，我是樵哥！我是樵哥！"找了三天三夜，来到一个大岩屋下，到底找到了那只老虎。樵哥讲了揭榜情形，说："你能帮我领兵打仗，就跟我下山！"老虎见了他摇头摆尾，十分亲热，伏在地下，让樵哥骑着，一阵风奔下山来。回到家，全家人欢天喜地。媳妇说："老二，你哥只有一把砍柴的苕力气，哪里会带兵打仗？这一回全仗你出力了！"老虎在嫂嫂面前连连点头。

进京以后，樵哥领旨挂了帅印，带着人马赶赴边关。虎老二披红挂彩，领着几百只老虎威威武武跟在后头。到了两国交兵的地方，还没安营扎寨，辽兵就冲杀过来。樵哥带兵从左右两边打包围，虎老二大吼一声，发起虎威来，领着几百只老虎迎头冲上去。辽兵被老虎抓的抓死，踏的踏死，剩下的残兵败将，一个个哭喊着逃命。老虎兵上阵，就像猫赶老鼠一样，敌人望风就逃，不战而退，被侵占的中原地方都收复了。

打了胜仗，班师回朝。皇上嘉奖樵哥，封他做平辽王。樵哥替老虎讨封，说："这回打胜仗多亏我那虎兄弟。"皇上便封老虎做山林之王，老虎不能像人一样受封，当朝宰相便奏请皇上御笔写了一个"王"字，贴在它的头上。樵哥不愿在京城做官，对皇帝说："老母在堂，我要回家养老送终。以后边关有事，我们两兄弟再来为国家报效出力。"

就骑在老虎背上回到山里老家来了。那只老虎呢，进山做它的山林之王去了。

讲述：郑家福

采录：刘守华　丁　岚

选自《中国民间故事集成·湖北卷》

蚂蚁虫拉倒泰子山

（宁夏·回族）

从前，一家人养了三个儿子，大儿子上山当和尚，二儿子在家务农，三儿子入学念书。三儿子叫三旦，生得端正，长得胖实，文才也好。一天，三旦去上学，半路上碰到一只青蛙，一条腿不知怎么折了。三旦看着怪可怜的，就把自己的手巾扯了一绺给它包扎好，又怕讨路人踏，就放到路边的一个土窑里。天黑下学了，三旦回家时，去土窑一看，青蛙还在那儿，嘴一张一张，想是渴了、饿了。三旦掏出吃剩的馍馍试着喂，青蛙一嘴一疙瘩，吃得很好。从此，三旦每天带的干粮都喂了青蛙，还用小瓶带水给青蛙灌，不多日，青蛙的腿好了，也不往别处跑，越长越大，越大越能吃。三旦拿的干粮一天比一天多，自己也不吃，全部喂了青蛙。

日子久了，三旦渐渐消瘦下去。妈妈心疼地问："你一天拿那么多吃的，为啥越吃越干瘦？"三旦不敢实说，就编了谎："穷同学很多，送给他们吃了。"妈妈说："我娃心善是好的，再天多多拿些给穷娃娃们吃。"此后，三旦每天拿的吃的成倍地增加，但他的身体总是干干瘦瘦的。

一天，三旦前头走了，爸爸远远地跟在后头看。三旦走到半路，从一条斜路过去。爸爸跟过去。转过弯，看见三旦进了一个土窑。爸爸悄悄走到跟前往里一看：笸篮[1]大一个青蛙，嘴张得簸箕大，三旦正把馍馍往那大嘴里喂。他吓昏了过去，好一会儿才醒来，回到家里就磨开刀了。下了晚学，三旦去看青蛙。青蛙说："救命恩人啊，你回不成家了。"三旦问："为啥？"青蛙说："你爸爸磨了把快刀，要杀你我。"三旦问："那咋办呢？"青蛙说："我背你逃命吧。"青蛙把三旦背过一座大山说："为了报答你的救命之恩，我双腮有两个蛋，你掏着去吧。这两个蛋一真一假，不管啥东西死了，用真蛋一挨就活了；假蛋不行。"临别时青蛙叮咛："记住，万样的虫你能救，唯有黑头虫救不得。"

三旦拿着宝蛋，走着走着，碰见一条死蛇，他用蛋一挨，蛇活了。又走着，碰见了一只死老鼠，用蛋一挨，老鼠活了。又走着，碰见几只死蚂蚁，用蛋一挨，蚂蚁活了。三旦还救活许多动物，有的连名字也叫不上。

一天，他走过一个河湾，发现一个死人。他用蛋一挨，这人活了，马上反咬一口："你把我的东西抢去，还把我打死！"三旦说："是我把你救活的！"这人改口说："那你用什么办法救活我的？"三旦拿出两个蛋，把真情说了。这人连忙说："救命恩人啊，我没法感谢你，咱们结拜为弟兄吧。"三旦说："能行。"问了年龄，这人为兄，三旦为弟。拜哥把宝蛋要上玩弄着，二人上了路。走到一个僻静处，拜哥把拜弟骗到一个深洞跟前，说："你看这洞底有个啥怪物？"拜弟上前一看，洞深无底，猛不防，被拜哥一把搡了下去。

拜哥满心欢喜地把宝蛋拿上到了京城。皇上的儿子刚死了，他想，这正是用宝蛋的机会，就喊着进给了皇上，皇上就封他做了宰相。

再说三旦被拜哥搡下深洞后，并没伤着。他在底下转来转去，只

---

① 笸篮：扁圆状竹编器物。可盛粮食。直径大小不等。

有水流出去的窄缝，没有人通过的出口。到了第三天，有两个人从附近经过，隐约听见救命救命的喊声。他们便放下一根绳，把三旦吊了上来。两个问缘由，三旦一五一十说了。那两人很同情三旦的遭遇，给了些吃的，便同他分手了。

一天，三旦乞讨到了京城，在大街上行走。恰好宰相坐轿出巡看见了，认出是拜弟三旦，心中一惊，马上生出一计，命令差役把叫花子押起来，不要玷污皇城。宰相有意把他饿死灭口，便把三旦押进了牢房。老鼠发现了，说："救命恩人呀，你咋到了这里？"三旦说了缘情，老鼠就把吃的拉来让三旦吃，而且用假宝蛋把真宝蛋偷换了回来，还给了三旦。蛇发现了说："救命恩人呀，你咋到了这里？"三旦说了缘情。蛇说："你不要愁，我能救你。"三旦问："怎么救？"蛇说："明天皇姑游花园，我咬她一口，只有新白布蘸凉水才能治好。"

第二天，皇姑真的去游花园，被毒蛇咬了，百药无效。皇上着了急，发出告示，谁能治好就招为驸马。三旦扬言，他能治好。狱子报告太监，太监禀奏皇上，皇上传旨让三旦入宫治疗。三旦就用新白布蘸凉水给洗三遍，皇姑的蛇伤果然好了。

三旦治好了皇姑的病。宰相更怕三旦成了驸马，揭了他的老底，就乘机献上了毒计："给他三升谷子，三升胡麻，合在一起，到天亮如能分开来，就招他为驸马；不然，就问罪杀头。"这话正合皇上的心意，于是皇上就准奏并派宰相做监督官。宰相把三升谷子和三升胡麻和匀，要三旦一夜工夫分拣出来，才能成婚，不然就要杀头。三旦发了愁，蚂蚁虫儿说："你不要愁，放心睡觉去。"第二天早上，谷子、胡麻分得清清儿的。宰相见一计不行，又生一计，后花园有棵大树，限三天拔出，才能成婚，不然就要杀头。三旦正蹲在树下发愁呢，这两人合抱的大树，谁能拔动？啄树虫儿来了，说："你不要愁，到第三天你拔就是了。"啄树虫儿召集了亿万亲族，把树根全部咬断，到了第三天，三旦来一推，树就倒了。宰相得知，心里大犯嘀咕，吓得六神不宁。联想到宝蛋，莫非这小子有神仙助力？更加害怕。他又想，再有神力，山是动不了的。就传令，限三旦七天内把京城外十里的泰子山喊倒，才能成婚，不然定斩不饶。三旦到山上察看了一下，愁得不行，就躺到山坡上思谋。想着想着，迷迷糊糊睡着了，梦见牛大的一只蚂蚁对他说："救命恩人，你不要犯愁，只要拿把锹，在山周围走一圈，走一步，踏一锹，到第七天，你来只喊三声'倒'，山就倒了。"三旦又惊又喜。三旦醒来，照样做了，到了第七天，宰相私派爪牙，监视三旦喊山。三旦到了山下，大喊一声"倒！"山没动，爪牙们暗暗高兴。三旦再大喊一声"倒！"山还是没动，爪牙们挤眉弄眼，嬉皮笑脸。三旦使尽力气，又大喊一声"倒——！"高高的泰子山应声轰隆隆倒塌下来。原来无数蚂蚁虫把山底拉空了。这就叫"蚂蚁虫儿拉倒泰子山"。

皇上听说三旦喊泰子山，就和文武大臣一齐来看热闹，这一下惊呆了。宰相更是害怕，就给皇上说："这人一定是妖人，不如早些把他杀了！"三旦不等皇上开口，就抢着把他如何得宝、遭害的过程说了一遍，并寻来几只死蚂蚁，当场验证宝蛋。宰相拿着假宝蛋咋也救不活蚂蚁，三旦的宝蛋只是一碰，那几只蚂蚁就跑走了。宰相被拉出去斩了，三旦进宝有功，被封为进宝状元，又招了驸马。

讲述：李春旺

采录：冯　文　杜晏玲

选自《中国民间故事集成·宁夏卷》

阆州莫徭

四川阆州有个叫莫徭的樵夫，他经常到河边去割芦苇，靠卖芦苇谋生。有一天，他正在河边割芦苇时，突然来了一头大象，不分青红皂白，用鼻子卷起他放到背上，迈开大步就走。

走了一百多里后，来到了一片长满青草的沼泽地中。一头老象正躺在地上喘气，嘴里发出痛苦的叫声。莫徭在老象面前下地后，老象把一只脚掌举了起来，脚掌里嵌着一个大竹钉。莫徭一看，知道老象是要他把竹钉取出来。莫徭于是把腰上的绳子解下来，紧紧地捆住竹钉，使劲一拔，把竹钉拔出来了。脓血也跟着向外流，流了足足五六升。脓血流尽后，小象去卷了一大把艾草回来，要莫徭把艾草填在疮口里。莫徭把叶子摘下，双手搓软后填进了疮口，把艾草叶子用完了，才把疮口填满。

过了不久，老象就能站起来摇摇晃晃地走路了。走了一会儿躺下休息，回过头来看了看小象，伸着鼻子朝后面的山上指了指，呦呦地叫了几声。小象听后便朝着山那边走去，一会儿，小象卷着一根象牙回来了。老象一见到象牙，大吼起来，显得很生气，嫌象牙太小。小象只好又卷着象牙往回走。不到一袋烟工夫，小象带着一根大象牙回来了，这一次，老象不作声了。

莫徭饿了一天还没吃东西，就亲昵地叫小象“将军”，告诉它自己的肚皮正饿着呢！小象二话不说，连忙去折了一大把山栗给莫徭吃。等到莫徭吃饱后，小象就驮着莫徭和象牙往回走。走了五十里时，小象又往回折。莫徭大为惊讶，直到他看到忘在地上的刀时才知道，小象是带他回来取刀的。莫徭把刀带上后，小象把他送回到河边。告别时，小象的头轻轻地蹭着莫徭，耳朵还左摇右晃，十分亲热和依恋。过了很久，小象才依依不舍地走了。

莫徭回家后把象牙带到洪州[①]去卖。有一个波斯商人老远见到象牙就要买下来，见莫徭犹豫，不停地加价，最后开出了四十万两的价钱。莫徭这才答应。到酒店吃饭时，波斯商人用苇席把象牙盖了起来，生怕别人看到。凑巧酒店也有一个波斯商人，看见这样就问："是什么宝贝，还把它藏起来不让人看？"莫徭把苇席掀开，说："是一根象牙。"店里的波斯商人一见到象牙就动心了，把莫徭拉到一边，私下里对他说愿出百万两的价钱，当场付了一万两订金，然后装着若无其事的样子走了。

很快，这个波斯商人就提着钱回来了，要把象牙买走。先前的那个波斯商人死活不肯，争着说："本来说好是我买象牙的，现在你中间插进来，坏了做买卖的规矩。难道就你出得起百万的价钱，我就出不起吗？"两人谁也不让谁，到后来竟打了起来。

告到县府，又告到州府。州官追问他们打官司的缘由，两人都不肯讲。州官就说："反正这象牙要献给皇帝，你们不说，也得不到象牙。"波斯商人没办法这才说："象牙里有两条缠在一起的小龙，取出来后可做成龙简，在我们波斯，价值连城。谁能得到它，谁就可以成为大富翁。"

州官把莫徭和两个波斯商人连象牙一起带去拜见则天皇后。皇后

---

① 洪州：今南昌。

令人剖开象牙，里面果然藏有龙筒。皇后对莫徭说："你本是个穷人，掌不了大钱，赏钱多了对你没有好处。"于是朝廷下了一道文书到州府，令州府每年发给莫徭五十千钱，一直供养到莫徭死去。

［唐］戴孚《广异记》

罗宏杰　译写

叶限（灰姑娘）

南人相传，秦汉前在吴洞[1]这个地方，洞主吴氏，娶了两个妻子。前妻死去，留下一个女儿叫叶限。叶限姑娘从小聪明伶俐，各式各样的活路一学就会，特别会在沙里淘金，深受父亲喜爱。到年终时，不幸父亲又病逝，从此叶限遭到后妈的虐待，吃尽了苦头。后妈常常要她到悬崖峭壁上去砍柴，到深深的山沟里去汲水。

有一天，叶限在打水时捉到一条两寸多长的小鲤鱼，金眼睛，红背脊，十分可爱。叶限把它带回来偷偷地放在木盆里，用水养起来。这鱼一天一天长大，换了几个盛水的东西，还是容纳不下它的身子，叶限只好把它放到屋后的池塘里去。每天叶限收集家里的残菜剩饭，倒在池塘里去喂它。只要听到叶限的脚步声，那鱼就很快地露出来，靠在岸边。别人走来，鱼就沉入水底不见踪影。

后妈得知这情形以后，曾经到池塘边去查看，一次也没有见到鱼的影子。她便欺骗叶限道："你太操劳了，我给你做件新衣裳穿。"借这个机会把叶限身上的那件旧衣服换到手。随后又叫叶限到几里外的一个山沟里去打水。这女人换上叶限平时穿的那件衣服，揣着一把快刀，来到池塘里装着要喂食的样子。那鱼立即游向岸边，被她抓住一

① 吴洞：据广西蓝鸿恩先生考证，吴洞即今天的广西扶绥县。

刀砍死了。这时鱼已经长到一丈多长，后妈把鱼肉割下，烧煮来吃，味道鲜美超过常鱼许多倍。吃光鱼肉之后，她把鱼骨随便扔在粪堆底下。

第二天，叶限来到池塘边，再也看不到那条鱼了，便在野外号啕大哭起来。忽然，有个穿粗布衣裳、披着长头发的人从天而降，安慰她道："好姑娘，你别哭了！鱼已经被你后妈杀死了，鱼骨埋在粪堆下面。你回家以后，可以将鱼骨取出来藏在自己的房间里，你需要什么东西，只要向它祈求，它就能给你办到！"叶限照他说的试了几次，不论金银财宝、衣服食物，都能够随心所欲地弄到。

一年一度的洞节到了，后妈带着自己的女儿，穿上新衣新鞋赶去，偏偏叫叶限留下看守庭院里的果树。叶限见她们走远，回到房间请求鱼骨给以帮助，换上翠绿色的绸衣，穿上闪光耀眼的金鞋，悄悄地也赶到那里。洞节上的男男女女都被叶限的美貌和盛装惊呆了。后妈的亲生女儿认了出来，对妈妈说："这个姑娘不就是叶限姐姐吗？"后妈也疑心起来，对她看了又看。叶限发觉了这一情况，便挤进人群中避开后妈，急急忙忙赶回家里。一不当心，丢失了一只金鞋，被一个洞人拾去了。后妈回到家里，只见叶限抱着庭院里的果树在打瞌睡，也就打消了对她外出这件事的怀疑。

吴洞这地方靠近海岛。岛上有一个叫陀汗的国家，兵力强大，统治着好几十座小岛，水界达到数千里。洞人把捡来的那只金鞋卖到陀汗国，落到国王手中。国王叫身边的女人试穿，谁穿上都嫌小，就是最小的脚试穿，鞋子也还要小一寸的样子。随后国王叫国内的妇人来试穿，居然还是没有一个合适的。这只金鞋轻得像根羽毛，踩在石头上也没有一点声响。陀汗王怀疑卖鞋的洞人是用非法手段得来的，便把他关押起来严刑拷问。他一口咬定是捡的，不清楚这只金鞋的主人是谁。国王听了便想出一个新办法，把这只金鞋扔在大路旁，看它的主人会不会来寻找，还是没有结果。最后国王只好派人挨家挨户搜寻这只金鞋的女主人，发现有试穿合脚的女子，就抓住送进王宫。搜寻到叶限家里，让叶限试穿，不大不小正合适。叶限再穿上那件翠绿衣，简直就像天上的仙女下凡一样光艳照人。叶限把事情的前后经过一五一十都说了出来，国王十分高兴，下令将叶限和那枚具有神奇本领的鱼骨一起带回陀汗国去。叶限的后妈和妹妹十分懊丧，出门去追赶叶限，结果被天空飞来的石头砸死了。洞人可怜她们，把她们埋在一个石坑里，起名叫“懊女坟”。

陀汗王回国，封叶限为王后。有一年，国王贪得无厌，不停地向鱼骨祈求，索要金银财宝。到第二年，鱼骨便失灵了，向它祈求，再也要不到任何东西了。国王于是把鱼骨埋在海岸上，在它旁边隐藏着百斤珍珠，又在四周砌上金砖，打算在征召士兵发动战争时用这笔财宝作军费。可是一天晚上海潮涌来，把它们都冲走了。

这个故事是我家里的老仆人李士元讲的。他是邕州那一带的人，记得许多南方的神奇怪异故事。

［唐］段成式《酉阳杂俎》

刘守华　译写

齐人空车，鲁人负父

从前齐国有一人推着空车前往鲁国，鲁国有一人背着老父流浪乞食，两人在途中相遇。鲁人又饿又累，简直挪不动步子。齐人见了连忙上前招呼，把老人放在自己的车上，一直推行了六十多里路，才在一个岔路口分手，各奔前程。

后来齐人因行为不慎触犯刑律，被捕入狱。妻子来狱中送饭探视，对她丈夫说："你从小到现在，难道没有做过一件帮助人的好事？如今身陷牢狱，怎么不见有一人伸出援助之手？"这位齐人告诉妻子："你回去后，明天到鲁市上大声叫唱：'齐人空车，鲁人负父。齐今遭难，鲁在何处？'到时自会有人前来救我。"他妻子果真在鲁市上这样叫唱起来。唱声未了，就有一陌生男子走拢来，朝她耳边吐口水，也不张口说话，匆匆离开。到了晚间，妻子给丈夫送饭时告知他此事："我刚刚叫唱完毕，就有一人朝我耳边吐口水，然后离去。没有说一句话，也不告知他的姓名，真是奇怪！"丈夫说："出口入耳，必是好事。很快就有人来救我。"

到第二天夜里，那人悄悄来到牢房墙边，挖了一个地道通到牢房里，把这位热心快肠的朋友救了出来。当时人们口头传唱的所谓"齐人空车，鲁人负父"，讲的就是这么一个故事。

［清］句道兴《搜神记》

刘守华　译写

田　　章

从前，有个叫田昆仑的种田人，家里很贫穷，三十多岁了，还没有娶老婆呢。

一年秋天，庄稼成熟了，田野里一片金黄。田昆仑高高兴兴地来到田间，正准备收割庄稼。忽然他看见自家田中那个水池里，有三个漂亮的少女正在洗澡。

“啊!”田昆仑觉得惊奇，就蹑手蹑脚地走过去，想看个仔细。走到离水池一百来步的时候，少女们发觉了，扑啦啦两声，两个少女立刻变成了两只白鹤，一下子飞到了水池边上的树枝上，停歇在那里，向还在池里的那个少女打招呼，催她快点飞起来。田昆仑更加惊讶起来，就在庄稼地里匍匐前进，向水池靠拢。

原来，那三个漂亮的少女都是天上的仙女，她们把天衣晾在树枝上，下到水池来洗澡。两个大一点的，听见响动就迅速飞到树上，各自穿起天衣，飞上了天空。小天女慢了一步，天衣被田昆仑抢到手，她只好躲在水池里，不敢出来。

小天女羞答答地对田昆仑说：

“天衣被你拿去了，我赤身裸体的，怎么走出水池来呢？谢谢你，把天衣还给我吧，让我穿上它，遮住了身体走出水池来，一定到你家里去，做你的妻子。好吗？”

田昆仑很喜欢这个小天女，真想娶她为妻。可是他也挺机灵，生怕把天衣给了天女以后，她会马上飞走。他想了想以后，对天女说：

“天衣怎么可以还给你呢？还不如我脱下衣衫来，给你披上。我俩就结为夫妻吧。”

小天女红着脸，不肯答应，只说要等天黑了才肯出来；又一面缠着田昆仑讨天衣。田昆仑一心要娶她，自然不肯把天衣还给她。天女看这个样子，实在挨不过去了，只好低着头说：

“也好，就请你脱件衣衫给我，让我出来吧。”

田昆仑高兴啊，连忙把天衣卷起来，藏在一个很隐蔽的地方；然后脱下自己的衣衫，让天女披着走出了水池。

天女忸忸怩怩地对田昆仑说：

“我已经答应做你的妻子了，你还害怕什么呢？把天衣还给我，让我穿上吧，我一定会跟你走的；要是你还怕我逃走的话，不是可以拉住我的衣角吗？”

田昆仑还是不肯把天衣还给她，只是拉着她的手，和她一起回了家。

“妈，你快出来啊，儿找到媳妇啦！”田昆仑的娘看见儿子带回来个如花似玉的姑娘，欢喜得不得了，一张嘴就像敲开的木鱼，整天合不拢。她马上借钱摆起酒席，请来亲戚朋友、街坊邻居，热热闹闹地给儿子办了婚事。

新娘子虽然是天上的仙女，却很是勤劳，而且又十分温柔，对婆婆很孝顺，对丈夫很体贴，把家务料理得井井有条，谁见了都说好。小夫妻俩甜甜蜜蜜地过日子。一年以后，就生下一个儿子，五官端正，聪明伶俐，起名叫田章。

后来，田昆仑要出远门到西方去做事，小夫妻俩依依不舍地告别。

谁知道田昆仑一去好几年，杳无音讯。

田昆仑走了以后，天女在家抚养儿子、照料婆婆，很是周到。不过日子一长，她也想家了。到了儿子三岁的时候，天女对婆婆说：

“阿婆啊，媳妇本来是天女，当初从天上飞来的时候，穿的是阿爷给我做的天衣。那时我的身材还小，一晃又是好几年，不知天衣还合身不合身。你就拿出来让我看一看，哪怕只看一眼，我死也甘心了。”

阿婆听媳妇这么一说，心里可翻腾开了。儿子昆仑临走时对自己说的话，还在耳边响着：

“娘啊，这是天衣，你一定要找个地方好好藏起来，可千万不能让你媳妇看见。要是她看见了，她一定会穿上天衣飞走的。到那时候，我们可再也看不见她啦。”

母亲问：“依你看，天衣藏在哪里，才算是稳妥了呢？”

昆仑和母亲反复商量，觉得家里这幢房子的里里外外，几乎没有一处是牢靠的。想来想去，最后才决定在娘睡觉的床脚底下，挖一个洞，把天衣放在洞里。心想，一年到头睡在洞上面，难道还怕她来拿走吗？这样，田昆仑亲手把洞挖好，把天衣藏好，才安安心心地向西方走去。

现在，阿婆听见媳妇要看天衣，她自然牢记儿子的叮嘱，无论如何不肯拿出来。

可是，天女思念天衣，真是肝肠寸断，如饥似渴，整日神思恍惚，闷闷不乐，干起活来丢三落四，饭也吃不下，觉也睡不香，老是缠着阿婆要看一看天衣。阿婆被缠得没办法，看媳妇也怪可怜的，不忍再伤她的心，就叹了口气，说道：

“你先到门外去吧，过一会儿，让我安排好了再唤你进来。”

天女出了门，阿婆从床脚下的洞里取出天衣，再唤天女进屋，关上门，然后拿出天衣给她看。天女见了天衣，心情非常激动，眼泪簌簌地流下来，悲伤极了。她原想穿上天衣飞走，一看四周的情形，门关得紧紧的，无法出去，只好把天衣重新还给阿婆，叮嘱她藏好，千万别弄丢了。

这样，又过了十天光景，天女还是想家，就又对婆婆说：

“阿婆啊，再把天衣借给我看一看吧！”

阿婆说：“哎，你如果穿上天衣，抛下我和孩子飞走了，这可怎么办呢？”

天女说：“不会的。虽说我是天女，而今我已经跟你的儿子结为夫妻，又生了个儿子，我怎么会背离你们就走了呢，你尽管放心吧。”

阿婆一想，也有道理，就把天衣再拿出来给她看。阿婆生怕媳妇飞走，就牢牢守住了堂门。

天女穿好了天衣，一阵心酸，抱起三岁的儿子田章亲了又亲，在屋里兜了几个圈子，心乱如麻，泪如雨下。最后，终于把孩子往地上一放，从窗子里飞了出去。

阿婆发觉媳妇从窗口飞走，马上赶过来拉住她，可是怎么来得及呢？再赶出大门去看，天女早已飞上天空，越飞越高，越飞越远，不一会儿就无影无踪了。阿婆懊丧极了，捶胸顿足，号啕大哭，哭声虽然传到九霄云外，却再也没法把天女唤回来。老人家整天悲悲切切，连饭也吃不下去。

天女在人间过了五年多光景，天上才过了两天。天女飞回天宫，仍然舍不得自己的孩子，常常暗自落泪。她的两个阿姐把她骂了一通：

“死丫头，当初催你快些离开水池，你偏磨磨蹭蹭的，结果硬被他留住。是你自己乐意和凡人做夫妻的，到这会儿又哭哭啼啼的，怪谁呢，真是活该！”

小妹只管低着头哭，也不分辩。两个阿姐骂了一会儿，不觉又同情起她来了，叹了口气，对她说：

“你也不要再哭哭啼啼的了，明天我们姐妹三人，再到那个地方去游玩，一定能见到你那宝贝儿子的。”

再说田章，到了五岁的时候，有点儿懂事了，就整天在家里哭着要娘。后来又跑到田野里去哭个不停。这时候，有个叫董仲的人，是董永和天女生下的儿子，他估计天女就要下凡来看望田章了，就拍拍田章的肩膀，笑呵呵地对他说：

“别哭，别哭。明天中午时分，你就到水池旁边来看吧，有三个女人，穿着雪白裙衫走过来。其中有两个抬起头来看你，一个低着头假装不看你。那个假装不看你的，就是你的亲娘啊。”

田章把董仲的话牢牢记在心里，第二天中午就乖乖地守在水池边上。不一会儿，果然来了三个穿白绸裙衫的女人，在池旁地里割菜。两个大一点的天女看见田章，知道是小妹的儿子，就悄悄地对小妹说：

“喂，你儿子来啦。”

小妹的脸儿涨得血红，强忍着不去看田章。田章却早已哭着奔过去，扑在娘的怀里，大声喊着：

“阿娘！”

到底是自己的亲生儿子啊，小妹忍不住了，一把抱住田章，失声痛哭起来。三姐妹彼此望了望，点点头，就用天衣裹住孩子，带着他一起飞上了天。

天帝看见田章来到天宫，知道是自己的外孙，不觉也有些怜悯，就把他留下来，亲自教他读书。

田章到天上才四五天时间，人间就是十五年了。天帝对他说：

“你该回到凡间去啦。我这里有八卷文书送给你。你读了这八卷文书，天下事就全知道了，还怕得不到荣华富贵吗？不过，你要是到了朝廷里，说话办事都得小心谨慎才是呀。”

田章告别母亲和外公，就回到人间。他果然变得十分聪明，知识很渊博，凡是天下的事情，他都知道。皇帝知道了，就把他召去，封为宰相。后来不知什么缘故，田章触怒了皇帝，被流放到荒凉的西部边境服劳役去了。

有一次，皇帝带着大队人马去打猎，在野外射中一只鹤，交给厨师杀了做菜肴。厨师割破鹤嗉，竟发现里面有个小人，身长只有三寸二分，全身却披挂着盔甲，正在大骂不休。厨师去启奏皇帝。皇帝召集文武百官，问这是什么东西，大家都说不认识。

又一次，皇帝在野外打猎，拾到一颗板齿，长三寸二分，带了回来，砸也砸不动，捣也捣不破，又去问文武百官，大家还是说不认识。

皇帝觉得奇怪起来，就颁发诏书：有谁能识得者，赏赐黄金千斤，封邑万户，要做什么官，任凭挑选。榜文贴出了很长时间，却没有一个人能识得。

文武百官在一起商议，都说只有田章一个人才能识得，于是启奏皇帝。皇帝只好派专人骑上马，火速到边境去把田章催召回来。

田章回到皇宫里，皇帝问他：

“听说你学问高深，万事俱晓，今天我倒要问问你，天下有大人吗？”

“有。”

“是谁呢？”

“当年有个秦故彦，是皇帝的儿子，有一次打仗，跌落了一颗板齿，不知落在哪里。如果有人拾到，呈给皇上验看，就可以知道他身材有多么的高大。”

皇帝一听，觉得有道理，就细细盘问起来：

“那么，天下有小人吗？”

“有啊。”

“是谁呢？”

“当年有个李子敖，身长三寸二分，全身披挂着盔甲，在田野里被一只鹤一口吞吃了。他却没有死，还在鹤嗉里游玩呢。只要把那只鹤抓来，就可以证实我的话了。”

皇帝听了，连声称好。又问了下去：

“天下有大声吗？”

“有。”

“那是什么呢？”

“雷震一声传七百里，霹雳一声传一百七十里，这都是大声。”

“天底下有小声吗？”

“有。”

“那又是什么？”

“三个人并排走路，一个人耳鸣，另外两个人听不见，这就是小声。”

“那么，天下有大鸟吗？”

“有啊。”

“是什么啊？”

“大鹏鸟从西王母那里飞出来，一振翅膀就飞了一万九千里，然后才开始吃东西，这就是大鸟。”

“天下有小鸟吗？”

“也有啊。”

“那是什么呢？”

“鸟儿小，小不过鷦鷯。这种鸟常在蚊子的角上生下它的七个子女，还觉得地广人稀呢。那蚊子呢，也还没察觉自己头上有鸟儿。这就是小鸟。”

于是，皇帝重又封田章做了仆射。后来，大家才知道，这聪明广识的田章原来是天女的儿子。

［清］句道兴《搜神记》

刘耀林　顾希佳　译写

选自《中国古代民间故事选》

犤角庄（天婚）

大理府城南二十里，是南诏国国王阁罗凤的宫殿。阁罗凤的女儿已长成大姑娘，父亲要为女儿挑女婿。公主说："我不要父母挑选丈夫，我要实行天婚。我想倒坐在牛背上，随它的意走出去。不管贫富贵贱，牛走进谁家，我就嫁给谁。"阁罗凤拗不过女儿，只好勉强表示同意。

公主真的倒坐在牛背上离开王宫，来到大理城内一条狭窄的巷子里，牛侧着角才走了进去，在一间茅草屋前停了下来。公主见屋里只有一位老太婆，便上前打听老太婆有没有儿子。老太婆说："有一个儿子，今日上山砍柴去了。"公主即刻拜老太婆为婆母，要嫁她儿子做媳妇。阁罗凤听说后十分气恼，不愿意女儿下嫁到这穷家小户过一辈子，下狠心跟女儿断绝了父女关系。

小伙子看见公主的头上戴着许多金光闪闪的首饰，有一天便问妻子："这些首饰是用什么做成的？"妻答："是用金子打制成的。"小伙子说："这就是金子呀，我打柴的地方踢脚绊手的都是这些东西，多得很！"公主听了惊喜万分，叫丈夫赶紧把这些东西运回来，一看，果然是金子。公主于是将此事告知父王，恳请父王到自己家里来做客。阁罗凤派人送信，故意为难她道："你要是能够建成金桥、银路让我走走，我就来你家做客。"公主同丈夫商量，果真修出金桥、银路，一直通向王宫，将父王接到自家来，父女欢聚。这时阁罗凤才高兴地说："这真是天婚啊！"终于对女儿的自主择婿表示信服了。

这个小巷子后来就起名叫"辘角庄"，意思就是牛走进来，牛角要像辘轳打转侧着走，不能大摇大摆往前闯。

［明］杨慎《南诏野史》

刘守华　译写

义 虎 记

原来山西孝义县外高唐、孤岐这些大山里多虎。有一个樵夫上山砍柴，在草木茂密的山坡上行走，一不小心失足跌落在虎穴中。那儿躺卧着两只小老虎。这是一个像铁锅盖顶的山洞，三面都是尖利的石壁，只有前面石壁平滑，长满苔藓，是老虎出入的通道。樵夫就是从这里跌落下来的，他还想从这里出去，试了几次，滑溜溜地爬上去，又跌落下来。他痛哭号啕，看来已陷入绝境，待下去，只有等死了。

等到当天日落西山，随着几声虎啸，一只母虎回到山洞，嘴里衔着鹿肉，分别喂给两只小老虎吃。见樵夫蹲在山洞角落里，它圆瞪双眼看了一会儿了，没有加害他的样子，反而把吃剩的鹿肉给樵夫充饥，后来就抱着虎崽入睡了。第二天清晨，母虎出洞觅食，午后回到山洞，给虎崽喂食时，照样给樵夫一份。这样过了一个多月，樵夫不但平安无事，还同两个活泼可爱的虎崽打闹嬉戏，亲如家人了。

一天，因小老虎渐渐长大，那只母虎便背着虎崽跃出山洞。樵夫见了抬起头来大声叫喊："大王救我！"一会儿，老虎又进入山洞，蹲在地下，让樵夫骑在虎背上，然后腾跃出洞。老虎将樵夫放下，正要带着虎崽奔向深山老林。樵夫见自己置身在这远离人烟的荒山野岭，又向老虎恳求道："请大王救人救到底，将我送到有人烟的地方，我生生死死不会忘记报答大王的恩德！”这只老虎听了点点头，果然一直将他送到镇上。临别时樵夫说：

“小人是西关穷人，现在没有什么东西可以酬谢大王。我回家后打算喂养一头肥猪，一年之后，请大王到西关三里外邮亭之下相会，我将这头猪送给大王作一顿美餐。请大王不要忘记我说的话。”

樵夫归家后，家人又惊又喜。他喂养了一头猪，邀约的日期未到，猪未宰割，老虎就先期赶来了，大摇大摆地一直走到大街上，来寻找自己的老朋友。居民见了，惊惶不安，立刻集合起许多人，拿起刀枪棍棒，将老虎抓住，捆绑得严严实实地送交县衙门处置。樵夫得知这一情况后，立即出面恳求：“这老虎是我的大恩人，千万不能伤害它呀！”

县官不相信有这等事，樵夫便提出：“请大人验证，如果我说的是谎话，甘愿受重罚！”

于是县官和众人都来到老虎身边。樵夫抱着老虎脖子哭着说：“大王是不是救过我？”虎点头。又问：“大王是不是应我的邀约走进城关的？”老虎又点头。最后说：“我为大王请命，要是达不到目的，我愿陪大王一道去死！”话刚说完，老虎听了泪下如雨。围着看热闹的数千民众，莫不叹息感动。

县官大为惊奇，立刻将老虎放了。樵夫同它一起来到那个邮亭旁边，将一头肥猪扔给它。老虎摇着尾巴，痛痛快快地饱餐了一顿，然后依依不舍地看了樵夫几眼，奔向山林。后人于是把这个邮亭叫“义虎亭”。

［明末清初］王猷定《义虎记》

刘守华　译写

赵 州 桥

（河北）

赵州有两座石桥，一座在城南，一座在城西。城南的大石桥是鲁班修的，城西的小石桥是鲁班的妹妹鲁姜修的。

鲁班和他的妹妹周游天下，到了赵州。远远就看见赵州城黄澄澄的城墙了，走到近处，却见一条白茫茫的洨河拦住去路。河边上挤了很多人，粜谷的，卖草的，运盐的，贩枣的，往作坊里送棉花的，赶庙会卖布的，挑着担子的，拉着毛驴的，推着车子的，一齐吵吵嚷嚷，争着要渡河进城。河水流得很急，只有两只小船摆来摆去，半天也渡不过几个人。有人等得不耐烦，就骂起来了。鲁班看了，就问："你们怎么不在河上修座桥呢？"问了几个人，都说："洨河十里宽，洄沙多又深，迎遍天下客，没有巧匠人。"鲁班和鲁姜看看河水地势，就发心愿给赵州人修两座桥。

鲁姜走到哪里，总是听见人夸奖她哥哥多巧多能，心里很不服气，这回要跟鲁班赌赛一下，就说修桥两个人分开来修，一人修一座，看谁先修好。天黑开工，鸡叫天明收工，谁到鸡叫还完不成，就算输了。这么说好了，就分头准备起来。鲁班修城南的一座，鲁姜修城西的一座。

鲁姜到了城西，聚集聚集材料，急急忙忙就动手，才半夜工夫，就把桥修好了。她心想这回一定把哥哥比下去了，倒要看看哥哥这会儿做到个什么样子，就偷偷跑到城南来。谁知到了那里，河还是河，水还是水，连个桥影子都没有，鲁班也不在河边，不知道跑到哪里去了。她正在纳闷，远远看见南边太行山上下来一个人，赶着一大群绵羊，蹿蹿跳跳往这边来了。走到近处，一看，那人正是她哥哥，他赶的哪里是一群羊啊，赶的是一块一块雪白细润的石头。鲁姜一看这些石头，心就凉了。这是多好的石头啊！这要造起一座桥来该多结实，多好看啊！拿自己修的桥跟它比，哪比得过啊！她想，一定要有两手盖过他的，念头一转，就急忙回到城西，在桥栏杆上细细地刻起花来。刻了一会儿，桥栏杆都刻遍了，牛郎织女、丹凤朝阳，还有数不清的奇花异草……鲁姜看看，心里又得意起来。她沉不住气，又跑到城南来看鲁班。鲁班这时把桥也快修完了，只差桥头两块石头没有铺好。她一看，着了急，就尖起嗓子学了两声鸡叫。她这一叫，引得村前村后的鸡也都急急忙忙一齐叫唤起来。鲁班听见鸡叫，赶忙把两块石头往下一放，桥也算修成了。

这两座桥，一大一小。鲁班修的大刀阔斧，气势雄壮，叫大石桥；鲁姜修的精雕细琢，玲珑秀气，叫小石桥。直到现在，赵州一带的姑娘挑枕头绣花鞋的时候，母亲们还说："去吧！到西门外小石桥栏杆上抄几个好花样来！"

赵州一夜修起了大石桥，修的还说不出有多么结实，多么好看。第二天，这事就轰动了远近各州城府县，连住在蓬莱岛上的八洞神仙也都听到了消息。神仙里的张果老是个好事的人，听说有这件事，就牵上他的乌云盖顶的毛驴，驴背上褡裢里，左边装了日头，右边装了月亮；又邀上柴王爷，推上金瓦银把的独轮车，车上载着四大名山，游游荡荡，就来到了赵州。到了桥边，张果老高声问道："这桥是谁修的呀？"鲁班正在桥边察看桥栏桥洞，听见有人问，就回答："这桥是我修的，怎么啦？有什么不好吗？"张果老指指毛驴小车，说："我们过桥，它吃得住吗?”鲁班一听，哈哈大笑，说:“大骡子大马只管过，还在乎这一头毛驴、一驾车?不妨事，走你的!”张果老、柴王爷微微一笑，推车赶驴上桥。他们才上去，桥就直晃晃，眼看要坍。鲁班一看不好，连忙跑到桥下双手把桥托住，这才把桥保住。桥身桥基经过这一压，不但没有损坏，倒更加牢实了;只是南边桥头被压得向西扭了一丈多远。所以，直到现在，赵州桥上还有七八个驴蹄印子，那是张果老留的;三尺多长一道车沟，那是柴王爷推车轧出来的;桥底下还有鲁班的两个手印。早年间卖年画的时候，还有鲁班爷托桥的画卖呢。

张果老过了桥，回头看看鲁班，说:“可惜了你这双眼睛哟!”鲁班觉得有眼不识人，越想越惭愧，便把自己一只眼睛用手挖了，放在桥边，悄悄地走了。后来马玉儿打赵州桥路过，看见了，就把眼睛拾起来，安在自己额上。鲁班是木匠的祖师爷，所以现在木匠做活，到平准调线的时候也都用一只眼睛。而后人塑马王爷的像，就给塑了个三只眼。

鲁班给赵州人造了大石桥，历代的人感念不忘，直到现在，放牛的孩子还在唱:

赵州石桥什么人修?
什么人骑驴桥头过。
压的桥头往西扭?
什么人推车桥上走，
车轮子碾了一道沟?

赵州石桥鲁班修;
张果老骑驴桥头过，

压的桥头往西扭；
柴王推车桥上走，
车轮子碾了一道沟。

搜集整理：平　水　曾　芪

选自贾芝、孙剑冰编《中国民间故事选》

海 山 异 竹

温州大商人张愿家从祖上起就做海上买卖，他自己往返海上也已经几十年了，从来没出什么意外。绍兴七年时，张愿的商船在海上遇上风暴，迷失了方向，在海上不辨东西地漂流了五六天后，商船停靠在海上的一座小岛上。岛上长满了参天竹子，抬眼望去，无边无际。

张愿和他的手下人登上小岛后，砍了十根竹子留作竹篙和船橹。刚刚把竹子砍完，就见一个白衣仙翁向他们走来，说：“这里不是你们久留的地方，你们赶快离开吧，不要误了时辰。”张愿和手下人向仙翁边作揖边说：“我们在海上迷失了方向，还望仙翁指点迷津，让我们得以还乡。”仙翁指着东南方向，张愿沿着东南方向航行，果然回到了故乡。

靠岸后，十根竹子已经用掉九根，只剩下最后一根了。有一个昆仑商人和一个日本商人一看见船上的桅樯，拍着巴掌连叫可惜。船绳系好后，岸上的人看见船上还有一根竹子，争着要买下来，一个个都说：“不论什么价钱我都买。”张愿见他们都想买，开出了两千缗的高价，哪知众人都说“好”，还准备马上去取钱来买。张愿眼珠一转，又说：“这竹子可是个稀罕的宝贝呀，刚才我是和大家开玩笑的，你们真想买下来，非得五千缗钱不可。”昆仑商人一听大喜过望，价钱这么高，便没人和他争了。他马上付了五千缗钱，订好了买竹合同。

张愿仍不知道竹子有什么稀奇，为什么值这么多钱，就问这个昆仑商人说："竹子已经卖给你了，我绝不会反悔，只是我实在不知道这其中的秘密，你竟肯出这么高的价钱买下来。"昆仑商人这才告诉他说："这是一根宝伽山的宝竹，放在水中，水里的宝贝就会自动地聚到竹子上。我出入大风大浪中几十年，也只是听说过这种竹子，从来没有机会亲眼看见。今日看到，就是再贵的价钱，我也要买下来。"张愿连叹可惜，还是把竹子交给了这个昆仑商人。

［宋］洪迈《夷坚志》

罗宏杰　译写

经典译林

Yilin Classics

书名	单价	书名	单价
癌症楼	78.00 元	艾青诗集	35.00 元
爱的教育	39.00 元	爱丽丝漫游奇境	29.00 元
安娜·卡列尼娜	65.00 元	安徒生童话选集	42.00 元
傲慢与偏见	36.00 元	奥德赛	92.00 元
八十天环游地球	32.00 元	巴黎圣母院	42.00 元
白洋淀纪事	39.00 元	百万英镑	35.00 元
包法利夫人	38.00 元	悲惨世界（上、下）	98.00 元
背影	28.00 元	被侮辱与被损害的人	39.00 元
边城	36.00 元	变色龙：契诃夫中短篇小说集	39.00 元
变形记 城堡	38.00 元	草叶集：惠特曼诗选	39.00 元
茶馆	32.00 元	茶花女	35.00 元
查拉图斯特拉如是说	38.00 元	沉思录	29.00 元
城南旧事	29.00 元	大卫·科波菲尔（上、下）	79.00 元
当代英雄	45.00 元	稻草人	29.00 元
地心游记	32.00 元	飞鸟集·新月集：泰戈尔诗选	39.00 元
飞向太空港	39.00 元	福尔摩斯探案集	58.00 元
复活	42.00 元	傅雷家书	49.00 元
富兰克林自传	36.00 元	钢铁是怎样炼成的	39.00 元
高老头	39.00 元	格列佛游记	35.00 元
格林童话全集	49.00 元	给青年的十二封信	38.00 元

书名	单价	书名	单价
古希腊悲剧喜剧集（上、下）	118.00 元	海底两万里	38.00 元
红楼梦	69.00 元	红与黑	49.00 元
呼兰河传	35.00 元	呼啸山庄	39.00 元
基督山伯爵（上、下）	108.00 元	纪伯伦散文诗经典	42.00 元
寂静的春天	35.00 元	假如给我三天光明	32.00 元
简·爱	39.00 元	金银岛	35.00 元
经典常谈	29.00 元	荆棘鸟	45.00 元
静静的顿河	128.00 元	镜花缘	49.00 元
局外人·鼠疫	38.00 元	菊与刀	35.00 元
克雷洛夫寓言	32.00 元	宽容	32.00 元
昆虫记	39.00 元	老人与海	32.00 元
理想国	45.00 元	聊斋志异	55.00 元
了不起的盖茨比	38.00 元	列那狐的故事	39.00 元
猎人笔记	38.00 元	林肯传	39.00 元
鲁滨逊漂流记	39.00 元	鲁迅杂文选集	36.00 元
绿山墙的安妮	36.00 元	罗马神话	16.80 元
罗生门	39.00 元	骆驼祥子	32.00 元
美丽新世界	35.00 元	名人传	39.00 元
拿破仑传	49.00 元	呐喊	29.00 元
牛虻	38.00 元	欧·亨利短篇小说选	36.00 元
欧也妮·葛朗台	32.00 元	彷徨	32.00 元
培根随笔全集	38.00 元	飘（上、下）	88.00 元
普希金诗选	42.00 元	骑鹅旅行记	36.00 元
乞力马扎罗的雪	39.80 元	热爱生命·海狼	38.00 元

书名	单价	书名	单价
人间草木：汪曾祺散文精选	49.00 元	人类群星闪耀时	36.00 元
人性的弱点	39.00 元	日瓦戈医生	68.00 元
儒林外史	42.00 元	三个火枪手	59.00 元
三国演义	59.00 元	沙乡年鉴	42.00 元
莎士比亚喜剧悲剧集	49.00 元	少年维特的烦恼	28.00 元
神秘岛	48.00 元	神曲（共三册）	128.00 元
十日谈	68.00 元	世说新语（上、下）	89.00 元
双城记	45.00 元	水浒传	69.00 元
四世同堂（上、下）	78.00 元	宋词三百首	39.00 元
苔丝	39.00 元	谈美	35.00 元
谈美书简	36.00 元	汤姆·索亚历险记	32.00 元
汤姆叔叔的小屋	45.00 元	唐诗三百首	39.00 元
堂吉诃德	78.00 元	天方夜谭	42.00 元
童年	38.00 元	童年·在人间·我的大学	49.00 元
瓦尔登湖	36.00 元	我是猫	39.00 元
乌合之众	35.00 元	物种起源	42.00 元
雾都孤儿	44.00 元	西顿野生动物故事集	38.00 元
西游记	62.00 元	希腊古典神话	49.00 元
乡土中国	36.00 元	小妇人	45.00 元
小王子	29.00 元	星星离我们有多远	35.00 元
喧哗与骚动	58.00 元	雪国　古都	39.00 元
羊脂球	38.00 元	一九八四	36.00 元
一间自己的房间	36.00 元	伊利亚特	82.00 元
伊索寓言：555 则	36.00 元	尤利西斯	58.00 元

书名	单价	书名	单价
约翰·克利斯朵夫（上、下）	98.00 元	月亮和六便士	45.00 元
战争与和平（上、下）	108.00 元	朝花夕拾	22.00 元
中国民间故事	39.00 元	子夜	49.00 元
最后一课	36.00 元	罪与罚	66.00 元